断罪された悪役令嬢は頑張るよりも逃げ出したい

登場人物紹介

アリシア・カリスト

炎の大精霊・イグニスの加護を持つ、
カリスト公爵家の長女。
一度処刑されたが、なぜかもう一度人生を繰り返すことに。
元はわがまま放題だったが、
転生してからは地味に生きようとしている。

レイス・コンフォール

アリシアの婚約者で国の王太子。
闇の大精霊・フォンセの加護を持つ。
優しく誠実、完璧な王子と言われているが……

リュイ・オラージュ
国政を司るオラージュ宰相家の長男。
風の大精霊・アネモスの加護を持つ。
セリオン・グラキエース
水の大精霊・イシュケの加護を持つ、
グラキエース神官家の長男。
ジェミヤ・フェルゼン
フェルゼン辺境伯の長男で、
土の大精霊・ファスの加護を持つ。
ユリア・ミシェル
成り上がりの男爵家に生まれた少女。
光の大精霊・ルーチェに愛された
聖女とされている。

第一章　断罪された私は頑張りたくない

海。

海っていいわよね。

なんせ釣り糸を垂らせば魚が釣れて、ご飯が手に入る。波音は落ち着くし、塩を含んだ海風だって気持ちいい。

毎日魚を食べながら、釣りをしたり海で泳いだりしてのんびり暮らすとか、最高じゃない。

「でも日焼けしちゃうわよね」

私はベッドの上でごろごろしながら呟いた。

自慢の白い肌が黒く焼けるのはまぁ、許容範囲だ。小麦色の肌だって魅力的だろう。

けれど私の肌はどちらかというと黒くならずに赤く焼け爛《ただ》れてしまう。

その痛さたるや、一晩中眠れずにヒイヒイのたうちまわるほどで、一度湖畔で水遊びをした時は、真っ赤に焼け爛《ただ》れた背中の痛みに一晩中泣きながら、輝く太陽へ怨嗟《えんさ》を向けたことを私は覚えている。

それ以来、日差しを避けるようになった。

外歩きに帽子と日傘は必需品だ。ただしそもそも外を歩かないのでまず必要ない。

そんな私の肌は雪のように白い。さながら、やわらかい新雪のよう。

まぁ、私の肌がどれほど綺麗だとしても、これからの生活で役に立つわけじゃないんだけど。

「やっぱり、海よりも森ね」

森。

森もまた、良い。

木漏れ日を浴びながら木の実を拾い、小鳥の鳴き声と共に歌う。

湖で魚も捕れるし、食べられる草もまぁ、あるだろう。

私が歌えば森の動物たちが寄ってきて、私を取り囲んで踊りだすはずだ。大抵のお話のお姫様はそういった特殊能力を持っている。

私はお姫様じゃないけれど、似たようなものなのできっとそれぐらいの能力はあるはずだ。

森で歌い踊ったことがないので知らないけどきっとそうに違いない。

とりあえず、海よりも森。森が良い。


アリシア・カリスト公爵令嬢。

カリスト公爵家の長女である私が断罪されたのは、十七歳の時だった。

断罪され、首を落とされて、死んだ。

あぁ、これは前回の話。前回というのは、なんだろう、前回としか言いようがないのだけど、私には一つ前の私の人生の記憶がある。

転生、というのかしら。

人が死ぬとその魂は別の人間に生まれ変わる、とこのコンフォール王国では信じられている。しかし私は別の人間じゃなくて、もう一度同じ私に生まれ変わった。

転生というか、やり直しというか、ともかく一度生まれてから十七歳で死んだアリシア・カリストの記憶を持ったまま、再び同じアリシア・カリストとして生まれたのだ。

私を取り巻く世界だってそのまま。まるで私一人を取り残したまま、世界の時間が巻き戻ったような気分だ。

だから前世というのも違う気がして、断罪されたあの世界のことは前回と呼んでいる。

私はレイス・コンフォール王太子殿下の婚約者だった。

これは前回も今回も同じね。

前回の私も今回の私も、物心ついたときには王家と公爵家の間で勝手に婚約関係が定められていた。

理由はレイス様と同じ年に生まれた上級貴族の娘だったから、という程度だ。

貴族の結婚は家が決めるものなので別に文句はないのだけれど、ともかく私はレイス・コンフォール王太子殿下の婚約者として育てられた。

前回の私とレイス様は、仲が悪いというわけじゃなかった。

むしろ同い年ということもあって、それなりに気安かったように思う。

私は生まれた時から未来の王妃になるべく育てられたので、それなりに気位が高かった。

どれぐらい高かったかというと、身分の低い貴族の子供が話しかけてくると無視するぐらい気位が高かった。

そんなことをしても、私の周りにいる取り巻きの皆様は常に褒めたたえてくれたので、それを疑問に思うことはなかった。

けれどレイス様はあまり快く思っていなかったようで、何度か注意されたように思う。

「甘い言葉ばかりに耳を傾けていてはいけないよ」とか「アリシア、貴賤《きせん》の区別なく振舞うのが正しい貴族の在りかたじゃないかな」とかなんとか。

その度に私は「私にはレイス様がいてくだされば、それで良いんですわ」などと言っていた。

我ながら、痛い。痛すぎる返答だ。

今の私なら、絶対に言わないわね。

それはともかく、レイス様が私に呆れ果てて何も言わなくなったのは、王立タハト学園に入学した頃のことだっただろうか。

王立タハト学園は聖都エタンセルにある。いわゆる貴族学校である。

王族も通う学園なので、通えるのは貴族だけ。十四歳から十七歳までの三年間をここで過ごすのが、この国に生まれた貴族の義務となっている。

入学した私は毎日レイス様のそばにいられるのが嬉しくて浮かれていたし、レイス様に近づこうとする女生徒たちにそれはもう噛みついていた。きゃんきゃん吠える番犬ぶった小型犬のようだった。

まぁ、今ならわかる。

迷惑だっただろう。

レイス様も十五歳になる。それなりに遊びたい時期だ。口うるさい婚約者の目を盗んで、火遊びをしたいお年頃でもあっただろう。

それなのに私はずっとそばにいるし、うるさいし、可愛くないし、高慢で、それはもうどこに連れていっても恥ずかしい婚約者だったに違いない。

良妻賢母の逆ってなんていうんだっけ。

鬼嫁？

ともかく、そんな学園生活だった。

十六歳で行われる光の選定で同級生のユリア・ミシェルが聖女に選ばれたのは、二年生の終わりのこと。

ユリア・ミシェルはしがない男爵令嬢である。

ミシェル男爵家は、市井《しせい》の商人が娘を貴族学校に入れたい一心で爵位を買って、貴族になったばかりの家らしい。

要は庶民と一緒。

それなのに妙に存在感があったのは、彼女の成績が良かったからだろう。

毎月行われる試験ではレイス様と一位の座を争っていたし、その上、昨今では珍しい光魔法の使い手で、治癒に長《た》けていた。剣術の授業で怪我をした生徒の治癒をしたこともあるらしい。

私は炎魔法しか使えない。物を焼いたり壊したりするのは得意だけれど、傷を癒すことはできない。

私とユリアとレイス様は同級だった。そんなこともあってか学園に入ったばかりのころから私はユリアを意識していたし、嫉妬もしていたのだろう。

光の選定とは、王国に住む魔力を持った少女が十六歳になった年の終わりに、聖都エタンセルにあるグラキエース神官家の管理する大神殿に呼び出されて行われる簡単な検査のようなものだ。

選定の鏡の前に立つと本当の姿が映し出されるというもので、聖女を探す為の儀式である。

神殿が探しているのは聖女と呼ばれる存在だ。聖女の資質のある者が選定の鏡の前に立つと、光の大精霊ルーチェ様が映し出されるといわれている。

本当の姿が映る選定の鏡に大精霊ルーチェ様が映るというのはどういうことなのかしら、とは思うけれど。

私は聖女ではないので、よくわからない。

実際にそれを目にすることができるのは神殿の神官長様と王家の者ぐらいなので、私はルーチェ様がどんな姿で映るのかは知らない。

コンフォール王国には、光の大精霊ルーチェ様の加護を受けた者の中から、ルーチェ様の愛し子たる少女――聖女が生まれるという言い伝えがある。

大精霊の加護を受けた者はその大精霊にちなんだ魔法が使えるが、この聖女はただ光魔法を使えるというだけではない、特別な力が備わっているらしい。

聖女は国を守るものとして神殿の庇護下に置かれ、王家の人間が保護する決まりになっている。

つまりそれを探し出すのが光の選定の儀式というわけである。

年齢が決められているのは、十六歳になるまでは魔力に揺らぎがあり選定の結果が正確ではないからだといわれている。

嫌な予感はしていた。

炎魔法しか使えない私には、炎の大精霊イグニス様の加護しかないとわかっていた。

光魔法を使える者の中でも、鏡の中にルーチェ様の姿を映す者は稀だ。この数十年は見つかっていないと聞いたことがある。

ユリアは、聖女に選ばれた。

それからのことは、あまり思い出したくないのだけど。

王家の人間としてユリアを保護する義務があるレイス様は、急速にユリアと親しくなっていった。

私はレイス様を取り戻そうとして頑張ってはみたけれど、駄目だった。

そして卒業を控えた晩餐会の夜、レイス様は私ではなく、ユリアを伴って会場に現れた。

嫉妬に駆られた私はユリアを——丸焼けにして、その肌を焼け爛《ただ》れさせて、見るも無残な姿にしてやろうとして。

失敗して、断罪された。

聖女に危害を加えようとした私は、当たり前だけれど大罪人。

牢に入れられて、数日間を過ごした。その間に、どうせ■■なのだからと、■■、■■されたのを覚えている。

——なんだっけ。

覚えているはずなのに、この辺りはなんだか、駄目だ。頭が痛くなる。

まぁ、良いわ。

結局私は聖女を害しようとした悪女として、街の広場で斬首された。

レイス様が私の罪状を朗々と群衆に伝えると、人々からは野次が飛んだ。王太子レイスの名の下に斬首の沙汰が下ると、野次は歓声へと姿を変えた。

断頭台に上った私はうまく考えることができなくて、ぼんやりとしながらその声を聞いていた。

レイス様に抱き着いて泣くユリアと、私を冷酷な瞳で見据えながら口元に仄暗《ほのぐら》い笑みを浮かべるレイス様。

それが、私の目に映った最後の光景だった。

「馬鹿じゃないの、私」

本当に馬鹿だ。

馬鹿としか言えない。

馬と鹿に失礼なぐらいだ。もう、愚か。愚かの極み。愚か者代表として、最終走者になれるぐらいに愚かだ。

レイス様に嫌われて当然なのにそれに気づかない上に、ユリアに嫉妬して危害を加えようとするなんて、逆恨みも良いところだろう。

私とレイス様に仲睦まじい時代が一瞬でもあれば、私もそれなりに可哀想だなと思えるけれど、今思えばそんな時代なんてどこにもなかったような気がする。

レイス様には注意されて、呆れられて、哀れまれた記憶しかない。

むしろ嫌われていた。心の底から嫌われていただろう。

私もレイス様だったら、私のことをなんだこの女って思うわよ。冷静になればすぐわかることだ。

それはともかく、私は気づいたら生まれ変わっていた。

アリシア・カリストとして、もう一度生きていた。

それに気づいたのは、いつだっただろうか。

私の幼い頃の一番古い記憶は、前回の私を思い出した時のものだ。その記憶があまりにも強烈で、私はそれまで生きてきた幼いアリシアの記憶をすっかり失くし、ベッドの中で断首の恐ろしさに震えた。

そして私は決意した。

断首なんて痛くて苦しくて怖いことは二度と御免だ。

でも頑張ってレイス様と結婚したところでユリアは聖女としてついてくるわけで、そんな王妃生活も嫌だ。

王立タハト学園になんか行かずに、海か、森に逃げよう。

それしかない。

海よりも森が良いとは、そういうことである。

そうはいっても、蝶よ花よと現在進行形で育てられている公爵令嬢の私が、突然海や森で自活できるとはとても思えない。

前回の記憶が少しでも今回の私に役立つなら良かったのだけれど、前回の私というのはお茶会とドレスとレイス様のことしか考えていない愚か者だったので、何一つ役になんて立たない。

一応王妃教育というものを受けてはいたけれど、コンフォール王家というのは完全に男性社会で、王妃といえども女性の役割は嫡子を残すことぐらいだ。王妃教育は主に言葉づかいとか、マナーとか……王国史や近隣国の勉強もしたけれど、とても森で暮らすのに役立ちそうにない。

「炎魔法が得意っていうのが、私の強みよね」

私はベッドから出てのそのそ起き上がると、クローゼットを開く。

今年で私は十五歳。春の四の月になったら、王立タハト学園へ入学する予定だ。

学園になど恐ろしくて行きたくもない。学園寮に入ろうものなら、毎晩斬首の夢にうなされて衰弱死してしまう。

それなりに、準備はしてきた。

本当はもっと早く逃げたかったけれど、幼い少女が森で一人暮らしなんて現実的に考えてまず無理だから、決行は入学する直前と決めていた。

せめて着替えくらい一人でできるように、ドレスを着る時以外は傍付きの侍女を外した。

一人ではコルセットを締めたりごてごての飾りを付けたりできないので、これはしかたない。

前回の私は毎日のようにド派手なドレスを着ていたけれど、森で暮らす私にはそんなものは必要ない。クローゼットには良く言えばシンプルな、悪く言えば地味極まりない衣服が揃っている。

公爵家の長女としては相応《ふさわ》しくないのだろうけれど、「動きやすいほうが好きなのですわ」とかなんとか言い続けていたら、何も言われなくなった。お母様には変わった趣味だと思われているようだ。

ささっと、それはもう地味な色合いのワンピースに着替える。癖のない黒髪を顔の横でゆるく編んで結ぶと、どこからどうみても、どこにでもいそうな市井《しせい》の少女だ。夢見が悪いので、顔色も悪い。

自慢の真っ白い肌は、真っ白いを通り越して青白い。

きっと森で暮らすようになれば、健康的な色を取り戻すだろう。

自分が斬首される夢を定期的に見るなんて、別に望んで二回目の私になったわけではないし誰がそうしたかわからないけれど、中々残酷なものだ。

「今まで目立たず騒がず、いるのにいないのと同じ、壁の染みのような存在であることを心掛けて生きてきたわ。いるのにいないのだから、本当にいなくなってもなんの問題もないはずよね。レイス様はユリアと結婚するだろうし、私としても嫌いな人たちの顔を見たくない。頑張って王妃になったところでユリアは絶対近くにいるのよ。絶対嫌だわ。寒気がするわ。また首を斬られるかもしれない」

私は独り言を言いながら、クローゼットの奥に隠していた布鞄を引きずり出した。

そろそろ夜が明けようとしている。

夜中に逃げるのは、危険すぎる。夜は野盗や魔物に襲われる確率がぐんと上がるからだ。

かといって真昼間に公爵家から逃亡できるなんておめでたいことは考えていない。

逃げるなら早朝。朝早くから起きている料理人たちには、「好きな人ができたので、一緒に駆け落ちする」と適当な嘘を吐いて、協力金を渡してある。

前回の私は身分の低い者と話をしようともしなかったけれど、今回の私は壁の染み程度の存在なので、壁の染みであることを心掛けて生活していた。その為か、使用人たちともそれなりにうまくやっている。

むしろ「お嬢様は大丈夫なのですか、まだ若いのに生気がなさすぎる」と言って、特別にお菓子やご飯を作ってくれるようになった。

私の元気がないのは、王太子殿下の婚約者でありながらどこかの誰かと恋に落ちてしまったから、ということで料理人たちは納得していたようだ。壁の染みに徹していて良かった。これは作戦勝ちである。

もちろん実際はそんな相手などいない。

貴族の義務としてお茶会や晩餐会などに嫌々足を運んだことは数回あったけれど、他の令嬢令息とまともに話せた覚えがない。

人が沢山いる場所に行くと、あの、衆人の前で行われた斬首が、人々の私を見る目が、どうしても思い出されてしまって。

吐き気がして、気持ち悪くなってしまう。

半年ほど前の晩餐会で、大丈夫かと手を差し伸べてくれたレイス様の手を振り払い、公爵家に戻ってきたのがレイス様と会った最後だったような気がする。あれはもはや壁の染みの行動でさえない。完全に心を病んでしまった人の行動だ。

王太子殿下の手を振り払って晩餐会から逃げるなど、婚約者としてありえない。

私はわくわくしながら、婚約破棄の通達を待った。けれど、その日は結局訪れなかった。

そんなわけで、壁の染みである上に社交性も皆無になってしまった私には、素敵な男性との出会いなどはなかった。

誰かを好きになってしまうというのは恐ろしいことだ。

また嫉妬心から、恋敵のことを「よし、燃やそう」と思いかねない。

「よし、燃やそう」という発想も今の私にしてみれば「どうしてそうなった」という感じなのだけれど、前回の私はなんの疑問もなくユリアを燃やそうとしていたので、私は自分が信用できない。

またやりかねないと思う。

斬首は嫌だ。

怖すぎる。

「ともかく、私は死神王子と、悪魔女から逃げなければいけないわ」

布鞄を肩にかけた私はぶるりと震えた。

前回の私も悪いところはあったけれど、結局ユリアは無傷だったのだ。

それなのに、衆人の前で斬首はないだろう。

私が知る中で、そんな刑罰を受けた囚人はいなかった。処刑は、あったのかもしれないけれど、あんな風にされたのは私だけだ。

私に斬首の沙汰を下したのはレイス様だけれど、そのそばには常にユリアがいた。

レイス様の判断にユリアの意見が入っている可能性は大いにある。二人仲良く愛を育みながら私の処刑を決めるとか、王太子と聖女なんかじゃなくて死神と悪魔としか思えない。

怖い。

怖いし、嫌いだし、できればもう関わりたくない。

私はそっと部屋を抜け出した。

早朝のまだ薄暗い静まり返った長い廊下の左右には、閉じられた木製の扉が整然と並んでいる。

花模様が織り込まれた絨毯が敷かれた廊下を、音を立てないように慎重に歩く。

前回の私について、お母様やお父様、弟には罪悪感がある。長女である私が処刑されたのだから、その後彼らにも何か処罰があったかもしれない。今回は迷惑をかけないようにそっといなくなるので、安心してほしい。

今回の人生だけでいえばおよそ十四年間暮らした勝手知ったる公爵家の中を抜けて、誰にも会わずに正門まで来ることができた。

朝焼けが目に眩しい。

私のこれからを祝福してくれているように、東の空が輝きはじめている。

やっぱり、森だ。

王都からなるだけ離れた森に潜んで、数年して私の存在が忘れられたころ、どこかの小さな街でひっそり暮らそう。

炎魔法があれば火おこしには困らないし、魔物が出たってある程度は戦うこともできる。

炎の大精霊イグニス様には感謝しなくてはいけない。私もユリアと同じ光魔法しか使えなくて、治癒しかできなかったら、心が折れていたところだ。

「……っ」

私は息を呑んだ。

公爵家の門の前、正面門の横に、豪華な馬車が停まっている。

王家の紋章があるそれは、当たり前だけれど王家の馬車だ。

どうして、こんな時間に。

お父様が王家に呼ばれている、とか。

でもこんな早朝に呼び出しなんてありえないし、料理人以外に誰かが起きている気配もなかったし。

どういうことなのだろう。

それもよりによって、私が新しい第一歩を踏み出そうとしている輝かしい日に、死神の馬車が家の前に停まっているなんて。

とりあえず逃げるしかない。

そう判断して、足音を忍ばせながら馬車の横を通り過ぎ、走って逃げようとした時だった。

「アリシア、どこで男と待ち合わせているの？」

数年前までは可愛らしい高い声だったのに、すっかり声変わりをして低くなってしまったレイス様の、朝の気温よりもひんやりと冷たい声が私の背後から、背中に突き刺さった。

私は走ろうとしていた足を止めて、振り返る。

振り返るんじゃなかった。そのまま勢いに任せて走って逃げるべきだった。

しかし私の足は恐怖から地面にへばりついてしまったように動かない。振り返ってはいけないとわかっているのに、名前を呼ばれた反射からかそれとも恐怖心による強制力が働いたからなのか、固まった体をなんとか動かして振り返ってしまった。

そこには金色の髪と青い目をした、精巧な人形のような美しい少年が立っている。

少しだけ目にかかる長さの薄い金色の髪、澄んだ青空のような薄青の瞳。灰色の縁飾りのある白い服の上から、本日のお出向きはお忍びだからだろう、闇のように濃い色の黒いローブを被っている。

麗しの美少年、レイス・コンフォール王太子殿下。

つまり、私にとっての死神である。

どことなく今日の服装も死神っぽいわね。黒いローブが死神感を演出しているわ。

「し……」

「し？」

死神様、と言いそうになってしまった。

「れ……、レイス、様……」

最近姿を見なくて安心していたのに、なんで今日に限って私の目の前に現れるのよ、この死神は。

いや、死神だから現れたのだろうか。

私が斬首の運命から逃亡しようとしているのを、死神は許してくれないとでもいうのだろうか。

地の果てまでも追いかけて私の命を奪う死神王子レイス様。

あまりの恐怖に手が震える。

「どうしたの、アリシア。震えているけれど……、まだ朝は冷える。そんなに薄着じゃ寒いよね」

「さ、さむくは、なくて……、レイス様、どうして……」

「実はね、アリシア。俺の婚約者が、どこかの誰かと駆け落ちするという噂を聞いたんだよ」

「それは、それは……」

背筋を冷や汗が流れた。

それは作り話だけれど、逃亡しようとしているのは本当だ。

なんと言って誤魔化そう。うまく頭が働かない。だって私は壁の染みとして、極力他者との会話も避けて生きてきたのだ。

急に恐怖の死神王子と話せと言われても、言葉に詰まってしまう。

「まぁ、許せないよね」

「……ひぇ……っ」

にこやかな表情と真逆な冷淡な声に、私の背筋は凍った。

ついでに悲鳴まで漏れてしまった。

私は両手で口元を押さえながら、じりじりと後退する。

捕食者から逃げる小動物の気持ちを今まさに味わっている。

「俺のことを怖がっているだけなら、まぁ良いよ。あまり無理強いは良くないと思うし、怯えるアリシアは新鮮だったから、見守っていたんだけど。でも、駆け落ちは駄目だよね」

レイス様は指先をこめかみにあてると、悩ましげに溜め息を吐いた。

その姿だけみれば、悩み多き麗しの美少年である。朝の柔らかい光がレイス様の艶やかな金色の髪をきらきらと輝かせている。王国全土の夢見る乙女が泣きながら足下に跪《ひざまず》きそうなほどの美少年ぶりだ。

でも私は騙されないわよ。レイス様は罪を犯した婚約者こと私を斬首にするような血も涙もない方だ。どんなに美少年だとしても、冷酷で残酷な死神王子なのだ。

その死神王子は、私が本日実行しようとしている逃亡の為に捏造《ねつぞう》した、駆け落ちという嘘をどうやら真に受けているらしい。

じっと私を見据えている、透き通った青空のような美しい色合いの瞳が怖い。

「そ、それは誤解で……、誤解のような、そうでもないような、ともかく、私は……、私は、海か森かでいったら、やっぱり森かなぁと、心に決めたので、アリシアは壁の染みとして森の中でひそやかに暮らしますので、どうか、どうか命だけは……！」

涙目になりながら、私は必死に懇願した。

何を言っているのか自分でもよくわからなかったけれど、懇願した。

レイス様が近づいてくるのが怖くて、足に力が入らずついにとすんと地面に崩れ落ちる。

こんなことになるのなら、さっさと走って逃げれば良かった。

「駆け落ち罪で、斬首は嫌ですぅ……っ」

もう、泣くしかない。

アリシア・カリスト。

二回目は十四歳で、駆け落ちの罪で斬首。

そんな結末が、ぐるぐると頭の中を駆け巡った。


地面に崩れ落ちた私は、気づけば死神――ではなくて、レイス王太子殿下に抱えあげられていた。

この一年で身長がめきめきと伸びたレイス様は、つい最近までは目線が同じぐらいの高さにあった気がするのに、もう私よりも頭半分ぐらいは背が高い。

細身に見えるのに抱きかかえられるとその体はしっかりとしていて、私を抱えあげてもよろめきもしない。

――今は麗しの美少年だけれど、歳を重ねるごとに神秘的な美青年といった容姿になる。

前回の私が断罪された、十七歳の時。

同じく十七歳のレイス様は細身だけれど背は高く、真昼の太陽のような輝く髪は肩元まで伸びていて青い紐でひとつに縛られていた。美しいけれどその容姿は女性的というわけでもなくて、秀麗で優しげな顔には少しだけ憂いを帯びているような影があり、それがまた素敵だった。——素敵だと、前回の私は思っていた。

容姿の良さだけではなく、コンフォール王家の守護精霊である闇の大精霊フォンセ様の加護を持つレイス様は、闇魔法を筆頭に光を除く四大精霊魔法を自在に操り、剣術や馬術も人並み以上に優れていた。

元々の才能もさることながら、王位を継ぐ為に努力もされていたのだろう。

王立タハト学園ではその為女生徒からそれはそれは人気があった。

昔は、昔というか前回の私は、レイス様に私以外の女が近づくのが気に入らなくて、威嚇し攻撃し騒ぎ、挙句の果てに仮病まで使っていたわね。

仮病というのは、今思い返すととても恥ずかしいのだけれど、わざわざ他の方と話をしているレイス様の前で、「あぁ、眩暈《めまい》が……」とか言いながら倒れるふりをするのである。

馬鹿だ。

今の私は恐ろしい処刑の思い出に悩まされているので、顔色が悪く元気がない印象だけれど、前回の私ときたらそれはもう健康優良児だった。

ユリアに腹を立てても、他の女子生徒に腹を立てても、夜はしっかり眠れたし食欲も落ちたりしなかった。

だから眩暈《めまい》なんてしないし、倒れたりもしない。

完全な演技だ。

レイス様はユリアが聖女に選ばれてレイス様のそばに侍《はべ》るようになるまでは、私の演技に付き合ってくれていた。「あぁ〜」と明らかに演技らしい演技でもって倒れ込む私を抱えあげて「大丈夫、アリシア？」と心配した様子で、医務室に運んでくれたレイス様。

私はいわゆるお姫様抱っこをされながら、レイス様の腕の中でよくどきどきと胸を高鳴らせてときめいたものである。

ちなみに、今は別の意味で鼓動が速い。

私をにこやかに覗き込むレイス様の秀麗なお顔がとても近い。心臓の音が速まりうるさいぐらいだ。

ときめきではない。恐怖からである。

このレイス様は三年後私を処刑台に上らせるレイス様だ。

綺麗な顔をしていて物腰が柔らかく、優しくて完璧で非の打ちどころがない王太子殿下だとしても、その本性はユリアと共に私を酷い目に遭わせた血も涙もない死神王子だ。

もう、怖い。

レイス様は恐怖で小動物のようにふるふると震える私を眺めながら、まっすぐ馬車へ向かう。

「懐かしいね、アリシア」

「な、懐かしい、ですわね……ぇぇと……？」

前回の王立タハト学園時代は何回も仮病を使っていた私にとって、このお姫様抱っこは懐かしいのだけれど、レイス様は一体いつのことを言っているのだろう。

不思議に思い見上げると、レイス様は小さく首を傾げた。

月の光を思わせる輝くような金の髪がさらりと揺れる。

「子供の頃、城の庭園で迷ってしまって、もう歩けないと言って泣く君を抱き上げて運んだよね」

「そうでしたかしら」

そんなことがあっただろうか。

あまりよく覚えていない。

「アリシアは泣き疲れて寝てしまったからね。……同い年で、身長も同じぐらいだったから、うまく君を抱き上げられなくて。どうして俺はアリシアよりも年上に生まれなかったんだろうって、悩んだよ」

「そんなことで、悩む必要は……」

「あの頃の俺は、大人になればなんでもできると思っていてね。アリシアよりも俺のほうが大人だったら、君を守れると思っていたんだ。……どんなことがあっても」

初めて聞いた話だ。

そんなことを思っていたのなら、前回のアリシアに聞かせてあげてほしかった。

前回の私ならば、泣いて喜んだだろう。なんせ私にとってはレイス様が全てだった。それぐらい、彼が好きだった。

いや、今となっては好きだったかどうかも曖昧なのだけど。

なんせ私は愚か者で、レイス様自身が好きなのか、それとも王妃という立場が重要だったのか、それすらもよくわからなくなっていた。

それに本当にレイス様が好きだというのなら、もう少しレイス様の立場に配慮して行動していただろう。

私は自分の感情ばかりを押し付けて、配慮も何もあったものではなかった。

それは申し訳ないな、とは思う。

けれどそれはそれ、これはこれ。

やっぱりレイス様の近くにいるのは、怖い。

「ところで、レイス様。馬車に、馬車に向かっていますわ」

思い出に浸っていた私は我に返った。

レイス様は私を抱き上げたまま馬車に乗り込もうとしている。

誘拐だ。

同意なく馬車に乗せるのは、誘拐としか言いようがない。

「そうだよ。それが、どうしたの？」

一際低く、冷たい声でレイス様が答える。

あぁ、これは駄目だ。私は今一歩でも足を踏み外すと串刺しになりそうな針山の上を歩いている。

余計な行動が身を滅ぼすのだ。前回の私もそうだった。

ユリアを「よし、燃やそう」と、今晩の魚を焼く程度の軽々しい気持ちで決めなければ、あんなことにはならなかった。

軽率さが身の破滅を招くと、文字通り骨身に染みている。

「私の家はここですわ。馬車に乗る必要は」

「ない、と言いたいの、アリシア」

「ひぇ……っ」

またも喉の奥で悲鳴が漏れた。

私を見据える薄い青の瞳が、氷のように冷たい。氷なんて生優しいものではない。

水の大精霊イシュケ様の加護による最上級の氷魔法を真正面から身に受けたぐらいの冷たさだ。

――イシュケ様の加護といえば、前回の私やユリアが受けた光の選定の場には、イシュケ様の加護を受けたグラキエース神官家の嫡男セリオン様がいらっしゃったわね。

セリオン様は私やレイス様よりも一つ年上。光の選定の時は最終学年で、十七歳。女性のように美しい容姿の方だけれど、婚約者もいなければ恋人もいないようだった。

あの時はセリオン様のお父様であるグラキエース神官長と、セリオン様と、レイス様が選定の場にいた。

セリオン様とレイス様に会えて嬉しいと、選定を終えて帰っていく少女たちが黄色い声を上げているのを聞きながら、私のレイス様を勝手に見るんじゃないわよと私は悋気《りんき》を起こしていた。

果てしない言いがかりである。選定の場にいるんだからそれは見るだろう。見るなというほうが無理だわ。

そんな理由で嫉妬の炎を燃やすのが前回のアリシア・カリストという女だった。

まぁ、私のことなんだけど。

「……アリシア？」

「は、はぃ……っ」

緊急事態だというのに呑気に他のことを考えていた私は、名前を呼ばれてびくりと震えた。

もう震えっぱなしだ。きっと私は今、王国一小刻みに震えるのが上手な少女に違いない。

「ねぇ、アリシア。……公爵家には帰さないよ。駆け落ちは、させない」

駆け落ち。

先ほどから、レイス様はそのことをずっと気にしているわね。

駆け落ちという私の嘘を真に受けているのはわかっていたけれど、レイス様はその上とても怒っているようだ。

なんで知っているのかしら。

一体どこから情報が漏れたのかしら。

私が駆け落ちをすると伝えたのは料理人たちだけだ。彼らが直接レイス様と関わりを持てるとは考え難い。

とすると、義理がたく真面目な彼らのこと、秘密にしておくのが心苦しくてお父様かお母様に伝えたに違いない。

前回の私なら「誰なのよ、裏切り者は！」と怒り狂っていただろうけれど、今回のアリシアは謙虚な壁の染みなので、そんな風には思わない。思ってはいけないのだ。

少しくらい、誰なのよ私の明るい未来を邪魔したのは、と思ってしまいそうになるけれど、駄目よ私。それはいけない。

なんせ高慢なアリシアのままでは、ある日突然断首されてしまうのだから。

何度も言うけれど、それだけは絶対に嫌だ。

「違うんです、レイス様。そんな相手は、いませんわ」

私は青褪《あおざ》めて小刻みに震えながら、首をふるふると振った。

小刻みに震えているせいで物凄く動揺しているようにみえるわね。我ながらとても嘘くさい。

「言い訳は、馬車の中でゆっくり聞くよ。立ち話をしていては、カリスト公爵に捕まってしまうかもしれないからね」

レイス様はお父様のことを口にした。

今回の人生では、レイス様との婚約についてお父様と話し合ったことがない。

お父様が信用できないというわけではない。

ただ前回の私のしでかしたことを思うと罪悪感が心に重く圧《の》し掛かり、今回こそお父様に迷惑をかけたくなかった。

――フレイ・カリスト公爵は王家からの信頼も厚い人格者だと評判だったのに、私が断罪されたことで、どんな目に遭っただろう。

お父様、お母様。それから二つ年下の弟の、ロクス。

今回は、きっとアリシアはうまくやります。

みんなには迷惑をかけないわ。

まずはなんとかレイス様から逃げ切って、森での悠々自適《ゆうゆうじてき》な生活を手に入れなければいけない。

でもそんなことできるのだろうか。

私の体は、レイス様によって簡単に王家の馬車の中に押し込められた。

中は外から見た印象の通り、豪奢《ごうしゃ》な作りだ。

ふかふかの椅子に下ろされるかと思ったら、レイス様の膝の上に乗せられる。そのまま背後から抱きかかえられた状態で、馬車は走り出した。

レイス様の硬い太腿が椅子のかわりに当たり、腹の上に回されている男らしい大きな手がとても、とても、居心地が悪い。

麗しの美少年なのに、その体つきは私とは全然違う。しっかりとした男の人のものだ。

前回の記憶を思い出してからというもの、部屋に引きこもりがちで食も細い私は発育があまりよくなくて、小さくて華奢ということもあって、よりそう感じるのかもしれない。

それにしても随分と簡単に誘拐されてしまった。怯えと混乱のせいで抵抗する間もなかったのだけど。

この状況はなんなのかしら。もう、訳がわからない。

レイス様とユリアの恋愛の邪魔をするアリシアが自ら進んで森へ行くと言うのだから、諸手を挙げて送り出してくれても良いじゃない。

私はどこかで、とても大きな間違いを犯してしまったような気がする。

けれどそれがどこなのかまるで見当もつかなかった。


カリスト公爵領は、コンフォール王城のある聖都エタンセルに隣接している。

距離にして馬車で一時間もかからない程度。

王立タハト学園は聖都エタンセルにあるので、前回の私にとって聖都は馴染み深い場所だけれど、今回の私は極力近づかないようにしていた。

だって、処刑されたのも聖都エタンセルの中心広場なのだし。

この場所は私にとって鬼門だった。

しかし馬車は無情にも城壁にかこまれた聖都の正門を通り抜け、聖都の大通りをゆったりとした速さで進んでいく。

白壁に青い屋根の建物が並ぶ美しい街だけれど、私は外を見ることができず胸を押さえながら小さくなっていた。レイス様が馬車の窓に視線を向けると、カーテンがひとりでにそっと閉まる。

闇の大精霊フォンセ様の加護を持つレイス様は、全ての精霊たちから愛されている。

それは闇のフォンセ様が全ての精霊たちの父だと言われているからだ。

レイス様が加護を受けている闇のフォンセ様や、私の炎のイグニス様など、大精霊様から零れ落ちた欠片のことを小精霊と呼ぶ。実際に姿かたちは見えないものの、王国の至るところに存在するとされる小精霊たちを、レイス様は自在に操ることができるらしい。

だから今のひとりでに閉まったカーテンも、レイス様の精霊魔法なのだろう。器用なものだわ。

私なら炎魔法でカーテンを燃えかすにすることくらいしかできない。

外の景色から私を守るように、レイス様が私の体を抱きなおした。

私の黒い髪を、繊細な手のひらと長い指が撫でてくれる。

――広場で斬首される私を見ながら笑っていたくせに。

じくじくと、そんな思いが私の胸を蝕《むしば》む。恐怖が足下から這い上がってくるようで、気持ちが悪い。

死神王子に撫でられても、嬉しくなければ安心なんてとてもできない。

レイス様が話しかけてこないことだけが救いだった。今の私に話をするような余裕はない。

王城の正面扉で馬車は停まった。

見上げるほど背の高い、空を突き刺すように聳《そび》える白亜の城が厳かに佇んでいる。

前回の私にとって王城は憧れだったけれど、今回の私にとっては牢獄と大差ない、できることなら避けたい場所のひとつだ。

「お、お城ですね、レイス様……」

「そうだね。城だね」

私はレイス様に促されるままに馬車を降りる。それから、王城を見上げた。

扉をくぐって中に入れば逃げられる可能性がぐんと減ってしまう。

私はきょろきょろと落ち着きなく周囲を見渡した。衛兵はいない。護衛騎士もいない。不用心にもレイス様ひとりきりなのだけれど、これはレイス様のほうが護衛騎士よりも確実に強いからだろう。

——前回のレイス様も、護衛騎士を連れて歩かない方だったわね。

私は小うるさい番犬のようにレイス様の周りをうろうろしながら、近づく女性にきゃんきゃん噛みついていたけれど、今思えばレイス様には取り巻きが多いというわけではなかったような気がする。

誰彼構わず嫉妬の炎を燃やしていた私にとって、近づく者は全て敵だった。だからあまりよくわからなかったけれど、レイス様はひとりきりでいることも多くて、柔和で優しげなのにどことなく影があった。

それはたぶん、闇の大精霊フォンセ様の加護を受けているからなのだろうけれど。

加護を受ける者は、大精霊様にどこか性質が似てしまうと言われている。

闇とは静寂と安寧。レイス様は柔和だけれど誰かに媚びることもなく、優しく落ち着いた雰囲気があった。

そんなレイス様が同い年なのに大人びてみえて、そこが好き、とか浮かれたことを思っていたわ。だから聖女という名の悪魔であるユリアをそばに置いたとき、私の嫉妬心は必要以上に大暴走してしまったのだけど。うん、でもわからないわね。理由があろうとなかろうと、私の嫉妬心は大暴走していたかもしれないわ。

「……アリシア。駆け落ちの相手が、助けに来ることを期待している？」

「い、い、いませんいませんわ……！　駆け落ちなんて誰がそんな嘘を言ったのかしら、おかしいですわね、そんな事実はありませんのに……！」

レイス様の低く身も凍るような声が、再び私の駆け落ちについて詰《なじ》った。

私は挙動不審になりながら、ぶんぶんと首を振る。とてもあやしい。明らかにあやしい。

案の定レイス様は何も言わずに、軽々と私を抱き上げた。

絶対にあやしまれているわ。逃げる為の口実に使った駆け落ちという嘘のせいで処刑なんてとても笑えない。処刑が嫌だから嘘を吐いてまで逃げようとしたのに、私の駆け落ちでレイス様がこんなに怒るなんて思わなかったのよ。

レイス様は私を抱き上げたまま、城の奥へ進んでいく。城の回廊にも人がいない。まるで全てが寝静まってしまったお伽噺《ときばなし》の城のようにとても静かだった。

レイス様の手を振り払って、炎魔法でちょっとだけその辺を燃やして逃げるべき？

抱き上げられた腕の中で揺られながら私は考える。

相手は死神王子よ。私を斬首の刑に処したレイス様なのよ。とても怖くて無理だわ。

それに——少しだけ冷静になって考えれば、今のレイス様には前回の記憶なんてない。

そう思えば私の態度や言動や、それからレイス様を怖がる感情はただの言いがかりに過ぎないのよね。

レイス様はまだユリアとも会っていない。王立タハト学園に入学もしていなければ、光の選定だってまだ行われていないのだから。

今回のレイス様は、私に何か酷いことをしたわけじゃない。私は怖がっているけれど、私の態度に怒りもせず無理に理由を聞くこともなく辛抱強く婚約者でいてくれているし、とても優しくしてくれている。

――前回のレイス様だって、基本的にはずっと私に優しかった。

私の高慢な態度についてやんわりと窘《たしな》めることはあったけれど、怒鳴られたり詰《なじ》られたりしたことはない。

なんせ仮病を使って眩暈《めまい》を起こす私を毎回抱き上げて運んでくれたぐらいだ。

けれど選定が終わり聖女となったユリアをレイス様がそばに置いてからというもの、私がユリアを目の敵にしたことでさすがに呆れられたのだろう。

レイス様は私を窘《たしな》めなくなった。私とレイス様の間には、明確な距離ができてしまったようだった。

気に入らないユリアに対して私が行っていた、それはそれは陰湿極まりない虐《いじ》めについてはさすがに怒られたけれど、「知りませんわ」などと言ってはぐらかしてしまえば、深い嘆息と共にそれ以上追及されることはなかった。

それまで私の嫉妬深さを優しく窘《たしな》めてくれていたけれど、聖女にさえ変わらない……いや、それ以上に酷い態度をとる私にとうとう愛想を尽かしたのだろう。

よくよく考えれば、態度が悪くて性格も悪くて、仮病を使ってまで気を引いてくる果てしなく面倒な女こと、アリシア・カリストによくぞそれまで優しくできていたものだと、感心できるわね。

もちろん私の迎えた最期を考えれば可愛さ余って憎さ百倍——ではなくて。

だめよ、アリシア。

憎んでは駄目。

憎しみや復讐など無意味だなんて、私は聖人じゃないから言えないけれど、今回の私に関して言えば、そんなことをしてまた痛い目を見るのなら尻尾を巻いて逃げたほうが幾億倍か賢明だと思える。

そう。

アリシア・カリストは賢明な壁の染みなのだから！

ともかくレイス様は基本的には優しい方だ。

今は珍しく怒っていらっしゃっていて——感情的にならず優しくてにこやかなのに怒っているというのが逆に怖いのだけれど——死神王子という悪口が申し訳なくなる程度には、温厚な方なのである。

だから私が無理やりにでも逃げなかったのは、罪悪感も多少はあった。

今回の私はレイス様を避け続けていた。

レイス様にとっては、婚約者なのに理由もなく嫌われて避けられるというよくわからない状況だっただろう。

それなのに冷たい態度を取るわけでもなく、私に接してくれるレイス様の忍耐力には頭が下がる。

だからせめて森に逃げる前に、一度ぐらいきちんと話をするべきでは、と混乱した私の中のまだ冷静な部分が私に囁き、逃亡の決心を鈍らせてしまったのだ。

レイス様の自室に入るのは初めてだった。

王国では婚約者といえども、まだ挙式もしていない男女が二人きりで部屋にいることは、はしたないこととされている。

自由恋愛も推奨されていない。褥《しとね》を共にするのは婚姻を結んだ最初の夜であるべきと言われていて、その前に純潔を散らすことはまずありえない。だからこそ、男女が二人きりになることに眉を顰《ひそ》める感覚はごく一般的だ。

前回の私も一般教養やら礼儀作法はきちんと教育されていた。だから、レイス様を自室に招いたことはなかった。

会話を交わすのは使用人たちの目がある中庭とか、王城の庭とか、それから晩餐会や観劇や音楽会とか、そういった必ず他者の存在がある場所だけだった。

学園生活を共に送れるというのは、そういった節度の縛りを気にせずそばにいられる機会を持てるということで、だからこそ私はとても楽しみにしていた。

そう考えると、やはり前回の私はレイス様が好きだったのだろう。

どうかと思う部分はかなりあったけれど、一緒に学園に通うことを楽しみにしていたなんて、とっても健気なアリシア。

——そんな私からレイス様を奪ったユリアはやっぱり、許せない。燃やそうと思うのは当然。当然の権利だ。

じゃなくて。

私は軽く頭をふった。

一体今、何を考えていたの私。あれほど深く反省――はしてないけれど、後悔はしたのに。

怖いのは嫌、痛いのは嫌と自分に言い聞かせる。

レイス様は私を座り心地の良いソファにそっと降ろした。

あまり考え込むのはいけないわね。

気持ちを切り替えて、せっかくなのでレイス様の部屋を眺めることにする。

大きな窓のカーテンは開かれていて、すっかり日が昇ってしまった明るい屋外から薔薇の庭園が見える。

文机《ふづくえ》には書類がきちんと整理されていて、ペンとインク壺が置かれている。

壁の書棚には、分厚い魔導書や、歴史書、精霊について書かれた本などが並んでいた。

黒い革のソファセットと、硝子テーブルがある。文机《ふづくえ》の他に、幅広の木製のテーブルと、椅子が四脚。

入り口の扉の他に、奥に続く扉がもう一つ。

ここは多分、応接間か仕事部屋にでも使っているのだろう。奥にベッドルームがあるようだ。

連れてこられたのがベッドルームじゃなくて良かったと、ちょっとだけ安心した。……だなんて、自意識過剰かもしれないわ。

私なんかをベッドルームに連れ込みたいだなんて、レイス様はきっと思わない。なんせ今回の私は顔色が悪く、地味な服を着ていて、髪だって凡庸な編み方の、どこからどう見ても地味で冴えないその辺の少女なのだ。

肩書きだけは、カリスト公爵令嬢なのだけど。

それはあくまでも肩書きだけである。

レイス様は私の正面のソファに座った。

コンフォール王家は闇の大精霊様の加護を受ける血筋だけれど、そのイメージに反して輝くような金髪と薄い青色の目を持つ方が多い。

レイス様も美しい月の光のような金の髪を持っている。

黙っていれば作り物のような、本当に綺麗な方だ。これも偏見かもしれないけれど、見た目だけだと光の加護を受けているように感じられる。

とはいえ炎魔法しか使えない私も、赤毛ではなく黒い髪をしているのだけれど。

私の生まれたカリスト公爵家は、炎の大精霊イグニス様の加護を受ける家だ。

生まれる子供は、基本的には黒い髪と赤い目を持っている。赤が濃いほど加護が強いと言われていて、私の目は赤を通り越して暗い黒に見えるので、イグニス様の加護が強いのだろうと昔から言われていた。

だからなのだろう。私は幼い頃から、息をするように簡単に炎魔法を使うことができた。

——そしてそれは、私の高慢さに拍車をかけた。公爵家に生まれて王太子殿下レイス様の婚約者になって、イグニス様の加護も強い私は特別だと、前回の私は当然のようにそう考えていた。

「アリシア。随分と震えていたけれど……少し、落ち着いた？」

震えていたのはレイス様のせいです。私を誘拐したレイス様が全部悪いわよ。

ではなくて。

駄目だわ、また悪い癖が出てしまったわ。私は壁の染み、壁の染み。レイス様の悪口を言ったりしない大人しくてしおらしい良い子なのよ。

「お、落ち着いたかどうかは……、レイス様のお部屋で二人きりなんて、駄目ですわ……、落ち着けませんわ」

私はふるふると首をふった。

挙動不審で落ち着かないのは死神王子に対する恐怖からなのだけれど、二人きりになって恥ずかしがっていると言ったほうがまだ理解してもらえる気がする。

「それは、俺以外に好きな男がいるから？　婚約者は俺なんだけどね、アリシア。部屋で二人きりになるのが駄目というのは、その男に義理立てでもしているから？」

「だ、だから、違います、勘違いです……！」

久々に威勢の良い声が出た。

とても、とても嫌な予感がする。

このままレイス様に勘違いをされていると、私の身に何かよからぬことが起こりそうな気配がする。

私は前回の経験から学んでいる。賢明な私は、悪い予感に人一倍敏感だ。

特に私の身に関する悪い予感には。いや、私に関する悪い予感限定で敏感だ。他の人のことなど構っていられない。

「じゃあ、君の父君が嘘を吐いたということかな」

「お、お父様が……？」

「料理人から聞いたそうだよ。アリシアが幼い頃から元気がなくて、常に思い詰めている様子なのは、俺の他に好きな相手がいるからだって。とうとう駆け落ちを決意したらしいので、お嬢様の幸せの為に協力することを許してほしいと言ってきたそうだよ。公爵家の使用人は皆正直で主人思いだよね。黙ってはいられなかったんだろう。それで、俺に相談が来たんだ」

冴え冴えとした冷たい薄青の瞳が、私をじっと見つめる。

「レイス様に、ですか？」

お父様はどうして私の駆け落ちを直接婚約者のレイス様に言ってしまうのかしら。

そこはそっとしておいてほしかった。余計なことをするお父様だわ。

「カリスト公爵は、正直で真っ当な人格者だからね。アリシアの駆け落ちを黙って見過ごすような不義理は、できなかったんだろう。なんせアリシアは、次期国王になる俺の婚約者なんだよ。駆け落ちを黙って許すことは王家への裏切りになる。それでまぁ、早い話が、婚約を解消してほしいって言われてね」

「お父様が、そんなことを……」

前言撤回。余計なことをするお父様とか思ってごめんなさい。

私は感動した。

お父様は私の味方だった。婚約解消を提案してくれただなんて。なんて娘思いのお父様。

私がここから無事に逃げてまた会うことができたなら、肩でも揉んであげよう。

――そんなに私のことを思ってくれているお父様を、前回の私は裏切ってしまった。

前回のお父様も私に婚約破棄を勧めていた。私はそんなお父様を裏切り者だと思っていた。

『ユリアという令嬢は光の選定で選ばれたのだろう。王家としては、大切に扱わなくてはいけない。レイス様がユリア嬢を大切にするのはそうする義務があるからだ。それが気に入らないのなら、王妃として生きていくことは困難だぞ、アリシア』

嫉妬に怒り狂っていた私を呼びだして、お父様はそう諭《さと》してくださった。

今にして思えばぐうの音も出ない正論だ。

けれど私は「お父様もあの女の味方をするのですか……！」と激怒した。

駄目過ぎる。

あの忠告を受け入れて婚約を破棄し、誰か別の方と添い遂げていれば私はきっと幸せになれただろう。

前回の私のような、面倒くさいことこの上ない女を受け入れてくださる方がいたらの話だけれど。

私なんて壁の染み程度の存在なのに、何をそんなに驕《おご》り高ぶっていたのかと、お父様には謝っても謝りきれない。

「もちろん、断っておいたよ」

レイス様はなんでもないことのように言った。

「な、……なんで……、どうしてです？」

本当になんでなのよ。

私はアリシア・カリストなのよ。前回みたいに傲慢で嫉妬の炎に身を焦がしてはいないけれど、地味な壁の染みのくせに麗しの美少年であるレイス様を徹底的に怖がり避けるアリシアなのよ。

なんで婚約解消してくれないのよ。

「それは俺の言葉だよ、アリシア。心変わりしたアリシアを素直に受け入れる義務は、俺にはない。俺が嫌だというと、カリスト公爵はアリシアの為だからもう少し考えてみてほしいと言ったんだ。良い父君だよね。羨ましいよ」

レイス様は少しだけ寂しそうに笑った。

「……レイス様」

レイス様のお父様は、とても厳しい方だと記憶している。

前回の私も今回の私も王家の内情を積極的に知ろうとはしなかったので、詳しいことは知らないけれど、現王は極めて苛烈《かれつ》な性格だと言われている。王城で不用意な言動をすれば、次の日には身分を剥奪されているとか、いないとか。

レイス様もきっと苦労をされているのだろう。婚約者のくせに知らないのかと言わないでほしい。前回の私は愚かだったので、レイス様の身の上話を静かに聞いてあげるようなことはしなかったのだから。

「婚約破棄はしない。カリスト公爵にそう断り続けながら、毎日アリシアの家を見張っていたんだよね」

「見張って……！」

さらりとレイス様が言う。

全く悪びれていない様子だ。いや、黙って駆け落ちしようとした私が悪いのだけれど、どう考えても私に非があるのだけれど。

でも毎日見張るとか、怖い。王家の力を以《もっ》てすれば造作もないのかもしれないけれど、怖過ぎると思う。

やはりこれは、駆け落ち罪で処刑ということなのかしら。

じわじわと目尻に涙が滲んでくる。

「もうすぐ俺たちはタハト学園に入学するでしょう？　あそこは全寮制だから、入ってしまえば身動きが取れなくなる。だから、駆け落ちを決行するならその前かなって思っていたんだけど、当たりだったね。ただ、どんなに調べても相手が炙り出せなくて……、それだけが少し残念かな。俺の魔法でも探れないなんて、不思議なこともあるよね」

王家の守護精霊である闇の大精霊フォンセ様の加護を持ったレイス様である。一番得意とするのは当然闇魔法だ。

しかしこの闇魔法は、一般的な炎水風土の四大精霊魔法と違い、王家の者しか使えないのでどんな魔法があるのかはあまり知られていない。

精霊研究者や、宮廷魔導師、王家の血族ならば知っているのかもしれないけれど、私は知らない。

何かこう私の身辺を調べたり、見張ったりするようなものがあるのかもしれない。

——となると、だ。前回の私の悪事は、全てレイス様には筒抜けだったということだろう。

なんてことなの。だったら先に言ってほしい。

アリシアの悪事は全てばれているよ、とかなんとか言ってくれたら、私も処刑されるほどの罪は犯さなかったかもしれないのに。

まさか私を処刑する為に、私が罪を犯すのを待っていたとでもいうのかしら。私が何かやらかすまで罪を咎めず泳がせていたとしたら、さすが死神王子、性格が悪過ぎる。

まぁ、これは私の想像なのだけれど。

また言いがかりをつけてしまったわ。

このレイス様はまだ優しいレイス様なので、無闇矢鱈《やたら》に憎んではいけない。

ともかく今は、誤解を解くべきだ。

「それは、相手なんていないからですわ。駆け落ちというのは、誤解です。ちょっとした嘘と言いますか、嘘も方便と言いましょうか」

「アリシアは、駆け落ちすると嘘を吐いていたということ?」

「ええ、まぁ……、そうと言えば、そう……なりますわね……?」

レイス様は小さな声で「嘘、ね」と呟いた。

それは全くこれっぽっちも、微塵も心のこもっていない声音だった。

レイス様はこれから背が伸びてもっと長くなる予定の、今でも十二分に長い脚を組んで考えるように口元に手を置いた。

伏し目がちな瞼に存在感のある金色の睫毛が、頬に影を作っている。

私は体を縮こませながら、レイス様の目の前に座って最後通告を待った。

駆け落ちが本当だろうと嘘だろうと罪の重さはあまり変わらないことに、レイス様の顔を見ていたらようやく気づいた。

相手の男性が本当にいたら、駆け落ち罪で処刑。本当にいないとしても逃亡罪で処刑。

そんな罪があるかどうかは知らないけど、レイス様ならきっとそうするに違いない。だってどんなにその見た目が麗しくて素敵だとしても、死神王子であることに変わりないのだから。

もしそんなことになろうものなら、今回はあらん限りの抵抗をしつくしてやる。

イグニス様にいただいた炎魔法の力でもって、お城を燃やして逃げてやる。

だって今回の私は今のところ悪いことなんて何ひとつしていない、こともないけれど、駆け落ち罪も逃亡罪も未遂なのだから！

ふとそこまで考えて、私は両手で頭を抱えた。

駄目よアリシア、前回のアリシア・カリストの部分が出ちゃってるわ。

謙虚さはどこに行ったの。壁の染みだと思い込もうとしていた気苦労はどこに行ってしまったの。

その思考は立派な悪女じゃない。落ち着いてアリシア・カリスト。今回はカリスト家の皆には迷惑をかけないと決めたのよ。

「……それで、アリシア。アリシアの言葉を信じて、駆け落ちは嘘、として」

微妙に疑われている。

レイス様も目を覚ましてほしい、今回の私は前回の煌《きら》びやかで華やかで豪華なアリシアではなくて、地味めの少女だ。あるのはカリスト公爵家の身分ぐらいな私と、誰が駆け落ちをしてくれるというのだろう。

第一、駆け落ちなら公爵の家名は得られないし、それどころか王太子の婚約者を攫《さら》った男として一生隠れて過ごさなければいけなくなる。

そこまで私を愛してくれる人がいると思うのが間違いだ。

そもそもそんな生活力のある年上の男性が、もうすぐ十五歳になるとはいえ、まだ十四歳の私を連れて逃げるのもなんというか、そこはかとなく倫理上の問題があるような気がする。

ともかく私はこくこくと何度も頷いた。

駆け落ちは嘘というのは本当なのだから、そこだけは堂々としていられる。

「じゃあ、どうしてカリスト家から出ていこうとしていたの？」

「それは、その……」

そういう話になってしまうだろうことはわかっていたけれど、いざ尋ねられるとどう答えれば良いかわからない。

——前回のレイス様が私を処刑したから？

そんなことでレイス様を責めたら、不敬罪にされかねない。

そもそも、前回というのはなんなのかしら。

私は覚えているし、実感としてあるのだけれど、ただの夢だと言われたら否定のしようがない。

ただの悪夢。

ただの悪夢でレイス様を嫌い、逃亡しようとした挙句レイス様を責めるなんて、気を病んだと言われて療養所に送られてしまうかもしれない。

療養所のほうが平和に生活できるのかもしれないけれど、でも嫌だ。あそこはうら若き乙女が入るような場所じゃない。森でひっそりと暮らしたあとに、身分を隠して街で生活するほうが何倍も良い。

「ええ、と……」

「俺との結婚がそんなに嫌だった？」

嫌です、嫌です、嫌ですぅぅ！

私は心の中で叫んだ。

何が楽しくて将来浮気するとわかっている冷酷死神王子と、結婚を前提にお付き合いをしなければいけないのかしら！

つまり婚約ということなのだけれど。

確かに未来を知っている私なのだから、頑張ってなんとかすればなんとかなるかもしれないけれど、頑張りたくなんてない。

処刑を回避する為にレイス様に媚びを売って（いや、これは前回も一緒だ。私はレイス様に媚びを売りに売って売りつくしていた）ユリアに優しくして、将来三人で仲良く暮らしましょうなんて思うほど私の心は広くないのだ。

私を酷い目に遭わせた悪魔のような二人のそばにいるだけで、私の寿命はどんどん縮んでいくに違いない。

よし、逃げようと思うのは当然のことだわ。

でもそんなことは、言えない。

「……私には、恐れ多くて……、私なんて、地味で目立たない壁の染みのようなものなので、王妃として生きるよりは街でお針子でもしながらつつましく暮らすべきだと、思いまして」

「カリスト公爵家のアリシアが、街でお針子……？」

「ええ、それさえもおこがましいので、まずは森の奥で野草などを食べながら暮らそうかと……」

「森の奥で野草……？」

レイス様は俄《にわ》かに目を見開きながら、私の言葉を繰り返した。

やめていただきたい。そうして繰り返されると、私が海か森かで長い間悩み続けていたのがとても馬鹿馬鹿しく、素晴らしいと思っていた考えでさえ、とてつもなく安易で愚かなことのように思えてしまう。

レイス様は口元を押さえて笑いはじめた。

それは作り笑いではなくて、本当に笑っているようだった。

王として君臨する者の威厳が抜け落ちたというか。そうして笑っていると毒気が抜けて、年相応の少年のように見える。

くすくすと抑えがちな声で笑っているレイス様を見ていると、胸の奥が切なく疼《うず》いた。

思わず見惚れてしまった私の右頬を、誰かひっぱたいてくれないだろうか。

色々あって今の私は恋愛が苦手な壁の染みなのだけれど、レイス様が世界の中心だと思っていた時代もあったのだ。ついつい、出来心で見惚れてしまうこともある。

良いこと、アリシア。思い出すのよ。どんなに見目と家柄が良くて、今は優しいレイス様でも、あと数年もすればユリアと浮気をした挙句、私を処刑するのよ。

——頑張れば頑張るほど、いや、ユリアを無視したりわざと転ばせたり、雨の後のどろどろの水溜りに突き落としたり、制服を燃やしたりドレスを燃やしたり、挙句ユリア本人を燃やそうとしたらすることを頑張ると表現するのはおかしいのだけれど。とりあえず、前回の私は頑張っていると思っていた。

頭が痛くなるほど愚かだ。

そんなことをしておいて「何のことか、わかりませんわ」としらを切る婚約者を好きになるとしたら、レイス様の正気を疑う。前回の私は何故それでレイス様が私を愛してくれるかもしれないなどと思えたのだろう。私の行動は、レイス様が好きとか嫌いとかじゃなくて、もうただただユリアが憎かったとしか思えない。

それは置いておいて。

でも何をしようとしょせん私は、彼らを盛り上げる役割でしかないのは事実だ。

「アリシアのどこが地味なの？」

ひとしきり笑った後に、レイス様が首を傾げて言った。

「じ、地味ですわ。ほら見てくださいまし、どこからどう見ても、地味ですわ」

私はレイス様によく見えるように両手を広げる。

凡庸な髪形と、質素なワンピース。地味だ。地味極まりない。

あらまぁ、こんなところに壁の染みが、と勘違いされてもおかしくないぐらい地味だ。

「そういう飾り気のない服を着ていると、アリシアの可憐さが際立つよね。きつく結い上げない髪型のほうが、アリシアには似合うと思うけど」

にこやかに、レイス様は私を褒めてくる。

さすが国賓の対応もしなければいけない王太子殿下だ。異様に口がうまい。

けれど私は騙されない。騙されてなるものか。

強い心でもって、きちんと言い返した。

「……地味な壁の染みだとおっしゃってくださいまし。良いのですよ、私、自分のことはよくわかっておりますわ」

「俺は本当のことを言っただけだよ。アリシアは昔から可憐だったし、今も可憐だ。着飾る必要はない。あぁ別に、着飾っても良いとは思うよ。俺にとっては、どちらも良いっていうだけの話でね」

「ううぅ……」

駄目だ、負けそうだ。

私は思わずときめきそうになる胸を両手で押さえつけた。

もう怖いんだか、褒められて嬉しいんだか、よくわからない。

まっすぐな好意の言葉に胸がきゅんとしてしまう。

レイス様を恐れる私とレイス様にときめく私が心の中で戦って、私の感情は混沌を極めていた。

「アリシア。俺のもとから逃げようとしていたのは、自分が地味だと思い込んでいたから、……だけ？」

「えぇ、そう、そうです……！」

目が泳いでしまった。

嘘を吐くたびに、かつてレイス様に「ユリアが制服を燃やされたって泣いていたけれど、心当たりはない？」と問われて、「知りませんわ」と平然と答えていた前回の私が脳裏にちらついた。

王家の庇護下にあったユリアが、その度にレイス様から新しい制服やドレスを贈られているのを知って、さらに嫉妬の炎を燃やしたことをよく覚えている。

まさに身から出た錆。自業自得。百人中百人が可哀想なのはユリアだと言うに決まっている。

「アリシアは昔からずっと俺のことを怖がっているように見えるけれど。俺はアリシアに、何かしたかな」

しました、しましたとも。

私を断頭台で処刑しましたとも。レイス様が処刑を宣言したじゃない。断頭台の上の私を見て笑っていたじゃない。

あの時の私は、私は。

「……っ」

「大丈夫？　……ごめんね。ごめん、アリシア。……俺は、……いや、なんでもない」

言葉を濁して首を振ると、レイス様はソファから身を乗り出して、私の手を柔らかく握った。

そこには強引さはまるでなくて、振りほどきたいと思うほどの嫌悪感もなくて、なんだか今までの葛藤が嘘みたいに安心してしまった。

「……ねぇ、アリシア。……アリシアが怖がっている理由を、多分俺は知っている」

レイス様に握られた私の手がびくりと震えた。何を言われているのかがわからずに息を呑む。

私はレイス様の顔を驚いて見つめた。

レイス様は真剣な表情で私を見ている。伏し目がちに私を見つめるその麗しい顔には気遣いが滲んでいた。

「何の、ことですの……？」

私が前回の記憶を持っていることは私しか知らないはずだ。

内心の動揺を極力隠しながら私は尋ねる。

「アリシア、君は光の聖女に関する夢を見たんじゃないかな？」

レイス様はひとつひとつの言葉を確かめるように、ゆっくりと言った。

「……夢、ですか」

夢は見ている。

私が処刑される夢。

それは夢じゃなくて、現実で、前回の私で。あれは、本当にあったことだ。

でも生まれ変わってもう一回私を生きているなんて荒唐無稽な話より、未来の夢を見ているというほうがよほど現実味があるような気がする。

あれは夢だと言われると、幼い頃から繰り返し見ていた記憶が、本当にただの悪夢に過ぎないような気がしてくる。

私はそれが現実だと勘違いしていただけで、本当にただの悪夢を見ていただけなのだろうか。

でも、レイス様はどうしてそれを知っているんだろう。

「アリシア。俺も、多分同じ夢を見ている。それはこれから起こることの夢。未来に関する、予知夢だ」

囁く様な声音で、レイス様が言った。

私は驚愕に目を見開いた。

とすると、レイス様は私の有り様を、――あの傲慢で愚かでわざと仮病を使って倒れてレイス様にお姫様抱っこをせがんだり、「レイス様がいれば良いのですわ」とか言ったりする恋愛感情まっしぐらの、レイス様に媚びに媚びて媚びまくっていた私を、知っているということなの？

「うああ……っ」

恐怖からではなく、違う意味で悲鳴が漏れた。

そんな、そんな！

せっかく私が作り上げた壁の染みとしての地味めなアリシアは一体なんだったの。

本来の私が高慢で派手好きで偉そうで、レイス様の婚約者ですって看板を背負って皆に主張しまくるような女だということが、知られてしまっているということなの？

待って、アリシア。

レイス様は、光の聖女に関する夢だと言ったわ。

私が見ている前回の私の全人生の記録と、レイス様が見ているものは違うのかもしれない。

かすかな希望にすがるように、私はちらりとレイス様に視線を向ける。

ここに連れてこられるまでは怒っていたようだけれど、駆け落ちの誤解が解けたレイス様はいつもの優しいレイス様で、口調も表情も穏やかでもうあまり怖くはなかった。

慣れた、ということもあるのかもしれない。

慣れってすごい。処刑の記憶がある限り、レイス様とまともにお話しするのは絶対無理だと思っていた。

「……あまりにも、酷い内容だったから、言えなかった。それに……、アリシアは俺を怖がっているようだったし、……あんな夢を見せられていたとしたら、俺を怖がるのは理解できたから」

レイス様は私の漏らした悲鳴を、夢の内容を怖がっているせいと思ってくれたらしい。

実際は果てしない羞恥心からだったのだけれど、勘違いしてくれて良かった。

「い、いえ……、婚約者でしたのに、酷い態度をとっていた私に、問題があるのです。でも、夢……？」

「アリシア。……口に出したくはないよね。本当は君がどんな夢を見ているのか知りたい。君の夢が俺の予知夢と同じかどうか、確認したいんだ」

「……私。……それは、……いやですわ」

言うべきなのかもしれない。

よく、わからない。だってあれは本当にあったことで、夢なんかじゃない。

でも私の今の状態はやっぱりおかしくて、予知夢をみたと思うほうがまだまともだという気もしてくる。

レイス様の言葉は私への気遣いと優しさに満ちていた。

本当にあれがただの予知夢、もしくは悪夢だとしたら、そんなものに惑わされてレイス様を嫌い、酷い態度を取っていた私を、レイス様は許してくれていたということだ。

挙句の果てに、駆け落ちと嘘を吐いて逃げようとした私を、辛抱強く説得しようとしてくれている。

なんて心の広い方なのだろう、という話になってくる。

死神王子なんて心の中で呼んでいたことを、平伏して謝らなくてはいけないぐらいの心の広さだ。

それどころか、悪夢の中で酷いことをされたからといって（実際に酷いことをしまくっていたのは私なんだけど）レイス様を残酷で極悪で冷酷で浮気者だと思い込んでいた私のほうが、心がティースプーンよりも狭いということになる。

なんてことなの。

いや、待って。

私は反省し落ち込みそうになっていた自身を、奮い立たせる。

予知夢だった場合、これから先アリシア・カリストが前回のようなアリシア・カリストになるのだったら、あの運命を辿るということじゃないの。

そう思うと私はやはり間違っていない。謙虚な壁の染みとして生きて、レイス様の婚約者を辞退する、もしくは逃亡するのが一番賢明だ。

「そう。……聞いて、ごめんね。……俺の夢が、アリシアの見ているものと同じだとして、俺はアリシアに酷いことをするでしょう？　……でもね、アリシア」

レイス様は一度そこで言葉を区切って言い淀んだ。

伝えるべきか否かを逡巡《しゅんじゅん》しているように見えた。

それから、ぽつりと独り言のように呟いた。

「……それには理由があるんだ」

「理由、ですの」

私はもう一度前回の出来事を思い出してみる。

処刑される瞬間があまりにも鮮烈過ぎたのでそればかり考えていたけれど、レイス様は、処刑以外では私に酷いことをしていたわけではなかったような気もする。

――私の素行をやんわりと注意したり、苦言を呈したりしたことはあるけれど、冷たくされた記憶はないわね。

私は四六時中レイス様を捜してべったりとくっついていたけれど、突き放されたり言葉で傷つけられたりしたことはなかった。

けれどそれもユリアが聖女に選ばれるまでの話だ。

ユリアがそばに侍《はべ》るようになるまでのレイス様の態度は、そう、わかりやすく言えば「仕方ないなぁ」といった感じだった。

あれは躾がなっていないちょっと頭の悪い子犬を見るような視線だった気がするわ。

ユリアが現れてからは、私がユリアを虐《いじ》めるものだから、レイス様はできる限りユリアのそばにいてあげていた。

もちろんそれは王家の義務でもあっただろう。

それでも王家の行事や晩餐会は私を連れて出てくれていた。レイス様の態度は素っ気なく話しかけてくれることもなくなってしまったけれど、それは私がユリアを虐《いじ》めていたからだ。私に責任がある。

行事も晩餐会も、私と共にユリアもレイス様のそばにいた。聖女としてお披露目しなければいけないので、王家の義務だったのだろう。私はそれが気に入らなかったし、常に苛立っていた。

だから、ユリアの顔を燃やして見るも無残な姿にしてやろうと……

――でもどうして、そこまでする必要があったのかしら。

違う、その必要はあった。

だって私のレイス様なのに、ユリアは優しくされて特別扱いされて、ただの成り上がりの男爵令嬢の癖に、光の大精霊に愛されたというだけで私からレイス様を奪ったのだから。報いを受けて当然。

――違う。違うわ、アリシア。

私はもう殺されたアリシアじゃない。そうならない為に、どうすれば良いのかちゃんと考えてきたじゃない。

「……私は、嫌ですわ。……理由があるとしても、怖いのも痛いのも、苦しい気持ちになるのも、嫌です」

処刑に理由があるとしたら、私がユリアを燃やそうとしたから。

それはレイス様のせいではないし、ただひたすらに私自身の問題でしかない。私はもう向き合いたくない。考えたくないのよ。どうしたら良かったかとか、どう立ち回るべきだったかなんて。

私は自分の立場を守る為に頑張りたくなんてないわ。

カリスト公爵家から、婚約者のレイス様から逃げるのが、私にとっては一番相応《ふさわ》しい選択だと思えるもの。

「うん。……そうだね」

レイス様は小さく息をついた。

その様子は、安堵しているようにも、悲しそうにも見えた。

「だから、私はそうなる前に、森でひっそり暮らそうと思って」

「それは駄目だよ。……あぁ、別にそれでも良いのか。……俺も一緒に……、いや、駄目か」

何やら不穏なことをレイス様は小さな声で呟いた。

今、一緒にと言わなかっただろうか、この方は。

気のせいかしら。空耳かもしれないわね。

ともかく予知夢だとしても、前世だとしても、どちらにしろこれから私の前にはユリア・ミシェルが現れて、彼女は光の聖女で、レイス様は王家の義務で彼女を庇護しなければいけなくなる。

レイス様が今後の私の辿る運命を知っているのなら、余計に私を森に逃がすべきじゃないのかしら。

そう思った私は、もう一度自己主張をすることにした。

元々自己主張は得意だったのに、すっかり壁の染み生活が板についてしまったのか、今はちょっと自分の意見を言うだけでもとてつもなく勇気が必要だ。

もしレイス様の機嫌を損ねたら処刑されるかもしれないと、未だにちょっぴり疑っているところもある。

記憶の底にこびりついた恐怖というのは中々拭えない。

レイス様には申し訳ないけれど、怖いと思うのは本能のようなものだから許してほしい。

「レイス様は、この先の私を知っているのでしょう……？　私は、レイス様の言うように、夢の中の私のようにはなりたくないのです。辛い思いをするのがわかっているのに、このまま婚約者として生きていくのは……」

「アリシアが俺を怖がっているのは知っていたけれど、駆け落ち……は誤解として、まさか公爵家から出ていこうとするとは思わなかったんだ。迂闊だったよ。もっと早く手を打っていれば良かった……、でも、学園に入学した後に夢と現実が違えば、アリシアは安心できるんじゃないかと思ってね」

レイス様もやっぱり微妙に駆け落ちを疑っている。

処刑を疑う私と、駆け落ちを疑うレイス様。

ということは、ここはお互い様ということで水に流してもらえないだろうか。

「来年の光の選定で、聖女が現れなければ良いんだよね？」

「ええと……、ええ、っと……？」

驚くほどあっさりと、なんでもないことのようにレイス様は言う。

私は言われた意味が理解できずに、首を傾げた。

「アリシアが辛い思いをしたのは、聖女が現れたから。聖女さえいなければ、アリシアは問題なく俺と結婚して王妃になる……、そうだよね？」

駆け落ちは嘘だよね。と、暗に尋ねられている気がした。

なんてことを言うのだろうか、レイス様は。それになんていう質問の仕方をするのだろう。

ここで私が『いいえ、結婚はしません』と答えれば、私には好きな相手がいて、駆け落ちをする予定だったという嘘が、真実味を帯びてきてしまう。

駆け落ちなんてしないのだけれど、じゃあどうして何の問題もないのに婚約者から逃げて、公爵家から家出して、庶民として生きるのかという話になる。

でも、待って。

そもそも聖女が現れないなんて、ありえないわよね。

「そんなの、駄目ですわ。光の聖女は、王国にとって大切な存在なのでしょう？」

ここは、『はい』も『いいえ』も言わずに、話題を変えるべきだ。

どちらの回答を選んでも、良くない気がする。

頷けば森へ逃亡することはまずできなくなるだろうし、否定すればいるはずもない駆け落ち相手についてひたすら尋問を受けかねない。

「アリシアのほうが大切だよ。俺にとっては」

「そんなの……、嘘ですわ」

嘘に決まってる。前回の私も今回の私も、レイス様に好かれる要素など一つもない。

それともレイス様は婚約者だからという理由だけで、私を大切だと言ってくれているのかしら。

百歩譲ってそうだとしても、光の聖女が国の要人であることは変わりない。

国益を損なってまで私を大切にしてくれるというのは、なんだかちょっと、今までとは違う意味で怖い気がする。

前回のレイス様が私を糾弾しなかったのは、そんな理由からだったのかしら。婚約者だから、私の罪に目をつぶって大切にしてくれていたの？

――でもでも、だとしても、最後は処刑したじゃない。

助けて、くれなかったじゃない。

非難しようとした言葉を、私はぐっと呑み込んだ。

わかっている。これはただの言いがかりだ。

「大丈夫だよ、アリシア。聖女は現れない」

「私が怖がっているからといって、光の聖女を庇護しないのは、国の為にはなりませんわ」

偉いわ、アリシア。

今の言葉は正しい。レイス様が言い返せないぐらいの正論に違いない。

私は森へ逃げたいだけだし、国にとっての聖女の存在とかどうでもいいし、私が痛くて苦しい思いをしないのなら、レイス様とユリアと国と聖女なんて、どうなっても構わない。

自分でもどうかと思うけれど、それぐらい私には余裕がない。

だから今のは心からの言葉ではなく、レイス様から逃げる為に選んだ適当な言葉だ。ただの口実である。

「本当にそう思う？」

レイス様の静かな声音が確認するようにそう尋ねる。私を見据える瞳は明らかに私の嘘を見抜いている。

「え、ええ、それは、それはもう……！」

驚くほど簡単に見透かされてしまったわ。

私は慌てふためきながらこくこくと頷く。

レイス様は、仕方なさそうに微笑んだ。

懐かしい表情だ。かつての私に何度も向けられていた、躾がなっていない子犬に向けられる眼差しだ。

これはやっぱり、確実に国を想う私の気持ちが本心ではないことに気づかれている。

「アリシア。俺はアリシアが好きだよ。アリシアが婚約者でいてくれて幸せだし、結婚したいと思ってる」

「……ん？」

「好きだよ、アリシア」

優しく、少し切なげな甘い声でレイス様は言った。

青い瞳が私を見ている。私のほうに姿勢を傾けて手を握ってくれているため、目線は私よりも少し下にある。麗しのレイス様のやや潤んだ瞳での上目遣いに、私の心臓は文字通りキュン……、となった。

これは恐怖ではない。ときめきからである。

どうしよう。ときめいてしまったわ……！

先ほどから私の手を握ったままのレイス様の手を、私は慌てて振りほどいた。

「……や、やめて、くださいまし……っ、心臓に悪いですわ……っ」

私は両手で胸の上を押さえながら、体を縮こまらせた。

私の知っているレイス様は、あまり本心を口にする人じゃなかった。

好きだとも嫌いだとも言わないし、怒ったりもしないし、大抵の場合は穏やかだった。

もちろん私があんまりにもあんまりな時は態度を改めるように注意されることはあったけれど、あんなものは怒られた内には入らない。怖さで言ったらユリアの頬を扇子で容赦なく打った後に「卑しい庶民の分際で私の視界に入らないでくださる？　目の前をうろちょろされると溝鼠《ドブネズミ》の臭いがして不快ですの」とか言っていた私のほうが百倍怖い。

なんてことを言っていたのかしら、私。我ながら、嫉妬に駆られた女の語彙《ごい》力、怖い。

「信用できないだろうし、不安だと思う。でも、忘れないでいてほしい。俺はアリシアが、アリシアだけが好きだよ。今までも、これからも」

ゆっくりとした声音で、レイス様が言った。

澄んだ青空のような美しい瞳が私の赤い瞳を見つめている。

レイス様の瞳はあまりにも真摯で切実で、胸がいっぱいになる。それは思わず涙が零れそうになるほどに、切なく愛しい言葉だった。

私は高鳴りそうな胸を両手で押さえつけた。静まりなさい私の心臓。愛の言葉にうっかり恋心が呼び戻されそうになる私、いくらなんでも単純すぎる。

「私は、私はレイス様を……、怖がっていましたし、逃げようと、しましたわ」

「どんなアリシアも、俺の可愛いアリシアであることには変わりないよ。……悪夢は、終わりにしよう。大丈夫、もう怖いことは起こらないから」

「……本当に？」

疑うように、私は言った。

疑ってはいるけれど、私の声はそれでも、どこかすがるような響きを帯びていた。本当にそうだったら良いなと、思ってしまったからだ。

「俺の言葉だけじゃ、信用できないだろうね。……悪夢の中の俺は、酷い人間だった。ごめんね、アリシア」

とても悲しげに、レイス様が目を伏せる。

見目が良すぎるせいで、その仕草はあまりにも綺麗で哀れみを誘うものだった。

思わず「こちらこそ、ごめんなさい」と謝り倒したくなるぐらい、なんて綺麗なレイス様。ではなくて。

確かに私は前回酷い目にはあったけれど、それは私がちょっとどうかと思うぐらい酷い人間だったからだ。こうしてレイス様と話して記憶を辿っていると、私の酷さというものもかなり理解できるようになってきた。

――私が行ったことは、レイス様が好きだったから嫉妬に駆られてしまって、ついつい、という許容範囲を超えている。

ここは声を大にして言いたいけれど、もちろん最終的には私のほうが可哀想だけれど、私に一方的に虐《いじ》められていたユリアも可哀想だ。

やっぱり一人の男性を女性二人で取り合うのはよくない。今後は気をつけなければいけない。

レイス様は私に謝ってくれているけれど、問題は私にもあった。私にしかなかったといっても過言ではない。

だからここはやっぱりレイス様はお城で、私は森で生きるべきだろう。

恋心を呼び戻されている場合じゃない。恋心が呼び戻されたら、嫉妬の炎に身を焦がすアリシアに戻っちゃうじゃないの。気をつけて、私。

前回の反省点を生かし、今回の私はちゃんと健やかに天寿を全うするのだから。

「レイス様。……私は、安寧に暮らしたいのです。夢の中でそうであったように、レイス様が光の聖女と共に生きることを選んでも、私は大丈夫ですわ。だから、レイス様は婚約者としての責任を感じずに、私を逃がしていただけるとありがたいのですけれど……」

「……やっぱり、他に男が」

「それは違いますわ……！」

なんて疑り深いレイス様。

私も人のことは言えないけれど。

「今のは冗談。……ごめんね、アリシア。先に言っておくけれど、俺はアリシアが好きだから、婚約は解消しないよ」

そして、なんて物好きなレイス様。

私のどこが良いのか、さっぱりわからない。

これはもしかしたら新手の嫌がらせなのかもしれない。私があまりにもレイス様を怖がって酷い態度を取ってきたから、復讐されているのかもしれない。

好きだなんて、やっぱり信じられないわ。好きになる要素が皆無だもの、私。

「俺と君の見ている悪夢について、アリシアは嫌だろうけれど、少し話をさせてほしい」

嫌ですけど。

それに悪夢じゃなくて前世だと思う。ん？　前世？　前世ではないわね。

でも、なんだか段々わからなくなってきてしまった。

もしかしたら、あまりにも現実味を帯びていたから実際に体験したと思っていただけで、本当は何度も悪夢を見ていただけなのだろうか？

第二章　頑張りたくない私と隠遁森生活を阻止する殿下

レイス様は廊下に続く扉にちらりと視線を送った。

「……アリシア、悪夢の話を俺と二人でするのは怖いだろう。もう一人、呼んでもいいかな？」

「もう一人、ですの……」

確かにレイス様と二人きりよりは、誰かが一緒にいてくれたほうが気が紛れるような気がする。

「もちろん、アリシアが嫌なら呼ばないよ。俺はアリシアと二人きりのほうが嬉しいし」

「だ、大丈夫ですわ。呼んでくださいまし」

慌てて頷いた私に、レイス様は少しだけ残念そうに「そう……」と呟いた。

「セリオン、入ってきて良いよ」

「失礼いたします」

開いた扉の向こうから室内に入ってきたのは、白に近い青銀の髪と碧色の目を持つ一見美少女のような少年、セリオン・グラキエース様だった。

――前回の私の記憶の中では、私が十六歳のときに受けた光の選定で、十七歳のセリオン様は神官の役目を立派に果たしていた。

今のセリオン様は、私の知るセリオン様よりも髪が短く肩口で切り揃えられていて、より一層美少女のように見える。

レイス様は綺麗だけれど美少年にしか見えないので、セリオン様はレイス様よりも女性的な顔立ちなのだと思う。

「セリオン・グラキエース。グラキエース神官家の長男だよ」

レイス様に紹介されて、セリオン様は美しい所作で礼をした。

「個人的に挨拶をするのは初めてですね、アリシア様。セリオン・グラキエースと申します。以後お見知りおきを」

セリオン様は立ち上がって礼をしようとした私を軽く制する。

「アリシア・カリストです。カリスト公爵家の長女です」

簡単な挨拶をすると、セリオン様は小さく頷いた。

グラキエース神官家はカリスト公爵家と同じく大精霊の加護を持つ家である。

本来ならば私たちはとっくに顔見知りになっていておかしくないのだけれど、今回の私は極力部屋から出ないようにしていたし、前回の私はどこに出しても恥ずかしい高慢な愚か者だったので、セリオン様にはそれはもう嫌われていた。

――前回の私はレイス様さえいれば良いと思っていたし、私と会っても挨拶もしてくれないセリオン様のことを陰険な女男とか心の中で悪口を言っていたので、私のほうからもちっとも歩み寄ろうとはしなかった。

セリオン様は生真面目で次期神官長として認められるほど人格者で有名だったから、彼に嫌われていたのは確実に私のほうに非がある。態度を改めようとせず、心の中で悪口を言っていたのが申し訳ない。今回の私は陰険な女男なんて思っていないので、許してくださいね、セリオン様。

「セリオンのグラキエース家は、水の大精霊イシュケの加護を持つ家で、光の聖女とも関わりがある。俺の見る予知夢のようなものについて、何度か相談に乗ってもらっていたんだ」

「そうですの……」

セリオン様はレイス様に促されて、レイス様の隣へ座った。

白に水色の縁取りのある神官のローブがよく似合っている。私に敵意のない今のセリオン様は、落ち着いた雰囲気を持った優しく儚《はかな》げな印象の方だ。

レイス様の口ぶりでは、セリオン様も私の辿る結末を知っているということだろう。

レイス様の見ている夢の内容を私はまだ詳しく聞いていないので、それが私のものと同じならばという話なのだけど。

「アリシア様、さぞ怖い思いをされていることと思います。けれどレイス様やアリシア様が見る悪夢は、大精霊様の見せる奇跡。国の危機を知らせる、とても大切な予知夢なのです」

「国の危機……？」

セリオン様は何を言っているのかしら。

国の危機とは一体何のことだろう。

「私の……、夢が？」

理解できなくて、私はセリオン様の言葉を鸚鵡《おうむ》返しに呟いて反芻した。

セリオン様はそっと頷いた。

レイス様もセリオン様も、私の知る前回の記憶が夢だという。

そう何度も言われると間違っているのは私で、何度も見た夢を現実だと勘違いしてしまったのだという気さえしてきた。

自分でもどちらが真実なのか、だんだんわからなくなってくる。

でもあんなに苦しくて辛いものが、夢であるはずがない。

「それはただの夢ではありません。アリシア様の辿る結末は、国の崩壊を招きます。だから私たちは、アリシア様を守る必要があるのです。そして、……残念なことですが駆け落ちも、認められません」

私は言葉に詰まった。

とてもとても、居心地が悪い。

セリオン様まで私の駆け落ちを知っている。もうその話は終わったので、なかったことにしてくれないかしら。

レイス様が思い出しちゃうじゃないの。駆け落ちについて。

「コンフォール王国が、大精霊に守られた国だとアリシアは知っているよね。王家は、闇のフォンセ。グラキエース神官家は水のイシュケ。アリシアのカリスト公爵家は炎のイグニス。それから、フェルゼン辺境伯は土のファス、オラージュ宰相家は風のアネモス」

レイス様の言葉に私は頷いた。

それは私でも知っている。知っている話になったので、私は少し安堵した。

光を除く大精霊の加護を受けているのは、コンフォール王家とその中心に連なる、四大貴族と呼ばれる家だけだ。

闇のフォンセを王と仰いだのが、炎水風土の四大精霊と言われている。

水のイシュケ様、炎のイグニス様、土のファス様、風のアネモス様。

彼らは闇のフォンセ様と共にコンフォール王国を建国した神として王国民に広く親しまれている。

グラキエース神官家が管理する王都の大神殿と、各地にある小神殿には、それぞれの大精霊様の石像が建てられていて、それはもちろん想像の姿なのだけれど、どれもこれも男性像だ。

イグニス様は、これぞ炎という印象の逆立った髪を持つ雄々しい男性の姿で、幼い私はよく胸をときめかせたものである。

こんな素敵な大精霊様に守られているカリスト家に生まれて良かったと、まだ純粋だった頃の私は思ったものだ。

そして光の大精霊ルーチェ様は、コンフォール王国を守護する存在ではあっても、他の大精霊とはまた違った特別な立ち位置にいる。

ルーチェ様の加護を持つ者は、私やセリオン様のように国を興《おこ》した古くから続く貴族の家に生まれる訳ではない。血筋に関わらず国中の子供たちからルーチェ様によって選ばれると言われている。

だから光の大精霊ルーチェ様は貴賤《きせん》を問わず愛を与える存在として広く王国民に親しまれているのだ。

その中でもとりわけ強い寵愛を受ける存在——聖女を探す為、魔力を持つ子供たちは十六歳になったら皆選定を受ける決まりになっているけれど、『聖女』と言われるだけあって、選ばれる者はみな女性だった。

他の大精霊様たちとは違い、ルーチェ様は唯一女性の姿をしているのだそうだ。そこに関係があるのかは知らないけれど。

「アリシアは、大精霊は本当にいると思う？」

レイス様に問われて私は小さく首を傾げた。

「私は、会ったことはありませんわ……」

イグニス様の加護のお陰で私は高度な炎魔法を使えるのだけれど、実際にお姿を見たことはない。

けれど、見たことがないというだけでその存在を否定できるだろうか？

イグニス様の加護を持つ者以外でも、私ほどではないが炎の魔法を使える者はいる。それは、小精霊の力を借りているからだ。

これはイグニス様の体から零れ落ちた小さな炎と言われていて、目には見えないけれど王国のそこここに存在するとされている。イグニス様以外の大精霊様にも、それぞれその属性に応じた小精霊がいて、時折その小精霊の力が結晶化した石が採掘されることがある。それは王国の様々な装置を動かす為の動力源として使われている。

突き詰めて考えたことはなかったけれど、それを思えば精霊とは本当に存在しているのだと思えた。

「アリシア様、大精霊様たちはいつでも私たちを見守ってくださっていますよ」

曖昧な返事を返した私を窘《たしな》めるように、けれど優しい口調でセリオン様が言う。

グラキエース神官家のセリオン様にとって、精霊とは当たり前に存在するものなのだろう。

「大精霊様たちは予知夢として国の危機を伝えてくださることがあるのです。あるいは、国が滅亡するような予言すらあったとか……古来、我が国にはそうした奇跡が何度か起こってきました」

セリオン様の説明に私は首を傾げた。

それは、初耳だわ。

大精霊様たちが王国を見守ってくださる存在だとはわかっていたけれど。

建国から今までの間、大きな争いもなく国が統治されてきたのは大精霊様たちの守護のお陰だということは、王国民の常識である。

でも実際にご神託があるなんて知らなかったわ。

私が知ろうとしなかっただけで、大精霊様の加護を受けた家の人間にとっては周知の事実なのかもしれない。

「我がグラキエース神官家、そして風の大精霊アネモス様の加護を受けたオラージュ宰相家の管理する王家の記録にはそれが残っています。記録には、大精霊様のそうした奇跡を元に対策を練り、危機を回避してきたという詳細な内容が書かれていますが、それを見ることができるのは王と、四大精霊の加護を持つそれぞれの家の当主のみとされています」

つまりカリスト公爵家と、フェルゼン辺境伯家、グラキエース神官家と、オラージュ宰相家の当主と王のみが閲覧できる記録書ということだろう。

「記録書の管理をする関係上、私も書物の存在は知っていましたが、閲覧したことはありません。そういったものがある、という事実を知っているだけです。けれどレイス様に悪夢について相談を受け、すぐにそれが思い浮かびました」

「大精霊様の奇跡……」

「此度《こたび》の予知夢も、同様に」

「でも……、あれは国の危機、などという内容では……」

レイス様の見る予知夢であり、前回の私が辿った結末は、セリオン様が言うような国の危機に直結するような内容ではない。

私の危機ではあるので、炎の大精霊イグニス様が憐れんで奇跡を与えてくれたのだろうか。

さすがは私のイグニス様だ。いや、そもそも私が知っているのは予知夢ではなくて前回の人生なので、セリオン様の主張とはちょっと違ってしまっているのだけど。

「カリスト家の嫡子であり、イグニス様の加護の強いアリシア様……その御身に起こる厄災は、国の崩壊を招きます」

セリオン様は私に言い聞かせるように、繰り返した。

ちょっとよくわからないわね。予知夢はわかるわ。大精霊様たちの奇跡もわかる。でも、国の崩壊は飛躍しすぎなのではないかしら。

「俺の大切なアリシアが傷つくことは、国の危機と同等だ。……というのは俺個人の意見だけど、アリシアが失われることは、コンフォール王国にとってかなり重大な問題になるんだよ」

セリオン様の言葉に、レイス様が続ける。

カリスト家から私が失われても、私には弟がいるので特に問題はないと思う。そもそも女性は爵位を継げないので、嫡子としてはあまり重要に思われていないのが現状だ。

そんな私の危機が、国の危機に繋がるとは思えないのだけど。

「闇のフォンセの加護を持つコンフォール王家。それを支える役割があるのが、四大精霊の加護を持つ家という話はもうしたよね。これは形式上という訳ではなくて、実際にとても大切な役割がある。特に重要なのが大精霊の化身とも言うべき加護の強い嫡子の存在だ。グラキエース神官家ではここにいるセリオン、そしてオラージュ宰相家のリュイ・オラージュ。それから、フェルゼン辺境伯家の、ジェミヤ・フェルゼン」

リュイにジェミヤ……どちらも知っている名前だ。

個人的な面識はないのだけれど、リュイ様もジェミヤ様も当主の座を継ぐ者としてとても有名である。

——リュイ様は、前回の私が学園に入った時には既に最終学年の十七歳。すらりとした細身で、薄緑色の髪が目元にかかる、やや根暗な印象の方だった。

あぁ、この根暗というのは前回の私が思っていた悪口である。例によって私は蛇蝎《だかつ》のごとく嫌われていたので、根暗男と悪口を言っていた。

ジェミヤ様はセリオン様と同級だっただろうか、辺境を守る役割に相応《ふさわ》しい逞《たくま》しい体つきの男性だ。

癖のある茶色い髪が風に靡《なび》く姿が格好いい、と女生徒たちが黄色い声を上げていたのを覚えている。私のレイス様のほうが筋肉男よりも素敵だと私はよく文句を言っていた。この筋肉男というのも、まぁ、なんていうか、そういうことである。

「カリスト家の場合は、アリシア」

「……私には、弟がいますわ」

「この場合は、あまり性別は関係ないんだ。加護の強さが問題なんだよ」

レイス様が優しく諭《さと》すように言った。

聖都の大神殿には、この国を興《おこ》したとされる闇の大精霊フォンセ様を主神として、守護をする四大精霊が描かれた天井画がある。

炎のような赤い髪を持つ雄々しい姿のイグニス様は、大抵の場合は甲冑を纏《まと》った戦士のように描かれる。フォンセ様は、レイス様のような金色の髪をした美しい男性の姿で、闇色のローブを纏《まと》っている。

フォンセ様の石像や絵姿は、レイス様の姿と同じようにやはり夜や月を連想させるものだ。それは闇の大精霊という先入観から来ているのかもしれないけれど、夜も闇も安らぎを与えてくれるので、フォンセ様に相応《ふさわ》しいように思う。

そんなフォンセ様とイグニス様が、レイス様と私に奇跡を起こしてくれている。

王国の危機であると伝える為に。

そんなものはどうでもいいという自分勝手な私と、自分はイグニス様の加護厚きカリスト家の長女なのだという自尊心を持つ私が、心の中でぐちゃぐちゃに混ざり合っている。

私が本当に予知夢を見ているだけなのだとしたら。現実とそれが曖昧になって、同じ人生を繰り返していると信じてしまっただけなのだとしたら、私は——逃げるべきではないのかもしれない。

「……初めに闇があった。静寂と永遠の虚無の中で闇は呟いた、光あれ、と。……これは、神殿の祈りの言葉です。アリシア様はご存じでしょうが、この祈りの言葉には続きがあります」

セリオン様の落ち着いた声が、祝詞《のりと》を紡ぐ。

「……ええ、存じあげておりますわ。やがて聖杯はたおやかな水で溢れ、大地が生まれた。芽吹いた木々を風が揺らし、炎と共に人の子が産声を上げた。……ですわね」

「父なる大精霊、闇を司るフォンセ、その静寂と安らぎで我らの平穏を守り給え。……懐かしいな。

アリシアと一緒に、大神殿で祈りを捧げたよね」

私の言葉にレイス様が続けた。

まだ幼かった頃の話だ。ぼんやりと覚えている。それは前回の記憶だろうか、今回の記憶だろうか、その境界が曖昧でよく思い出せないけれど、あの時大神殿には確か私とレイス様、それからセリオン様たちも集まっていたような気がする。

その祈りの言葉を朗々と読み上げたのはグラキエース神官長で、セリオン様のお父様だ。

大神殿や小神殿では、朝と夜の礼拝がある。聖都の民全てが通っているという訳ではないが、礼拝堂の椅子が半分以上埋まるぐらいには皆毎日祈りを捧げに来るらしい。

私たちはあまり足繁く神殿に通ったりはしないけれど、一年の終わりを祝う式典にはお父様や他の大精霊の加護を受けた貴族の当主かもしくは嫡子が集まり、大精霊たちに感謝を捧げる。

私はお父様に手を引かれて大神殿に向かい、拙《つたな》い祈りの言葉を紡いだ。

緊張していたけれど、イグニス様やフォンセ様に言葉を捧げられることを、誇らしく思っていた。

あの時のレイス様は堂々としていて、さすが次期国王だと皆が褒めていた。

式典が終わると私は他の貴族の方々には目もくれず、レイス様に会えたのが嬉しくて駆け寄った。

いや、駆け寄ったのは前回の記憶だろう。

今回の私は、駆け寄ってなんていない。そんなことはしないはずだ。

十四歳の今、幼い頃の記憶なんてとても曖昧だ。同じことが二回繰り返されているせいで余計にわからなくなっているのかもしれない。レイス様との出会いさえぼんやりとして、うまく思い出せない。

式典の記憶がいつのものなのかさえ、はっきりとはわからない。

ただ繰り返し練習して何度も祈りを捧げた、カリスト家に与えられた大切な言葉は思い出せる。

「……強靭なる大精霊、炎を司るイグニス。その猛々しい炎で悪しきものを払い給え」

気づけば私は、祈りの言葉を呟いていた。

心が落ち着く。イグニス様が私を守ってくださっていると感じることができる。

「玲瓏《れいろう》なる大精霊、水を司るイシュケ。その清廉な心で我らの邪心を消し去り給え」

セリオン様もゆっくりとグラキエース家の言葉を紡いだ。

本来はあと二つ、フェルゼン辺境伯家の言葉と、オラージュ宰相家の言葉がある。

二つ欠けた祈りの言葉だけでも、どことなく部屋の空気が神聖なものへ変わったような錯覚がある。それはきっと、王太子のレイス様とグラキエース神官家のセリオン様が特別だからだろう。

お二人の言葉を近くで聞くことができるなんて、ここにいるのが私ではなくて信仰心の強い他の者だったら、泣きながら平伏しているわね、きっと。

「年の終わりの式典で、加護を受けた家の者は必ず集まり祝詞《のりと》と共に祈りを捧げます。これは形式だけのものではなく、深い意味があります。……大精霊様の加護を受けた者たちが健やかであることを、彼らに伝えているのです。大精霊様たちにとって加護を持つ者は我が子と同じですから、その者が不幸になることを、彼らは望んでいない……そう言われています」

「アリシアが予知夢どおり不幸になると、イグニスが怒り我が国に神罰がくだる。国の危機とは、そういうことだよ」

レイス様が小さな子供に言い聞かせるように、優しく私にそう伝えた。

「そんな……！」

私は悲鳴じみた声を上げた。

知らないわよ、そんなの。

前回の私は死んでしまったので、死んだ後のことなんて覚えていないもの。

コンフォール王国では亡くなった人の魂を、水のイシュケ様が死者の国へ連れていってくれるという言い伝えがある。死者の国では風のアネモス様が魂を選定する。生前正しく生き、もう一度人の子に生まれなおす資格がある者は、闇のフォンセ様が人の輪廻へ戻してくれる。

罪深い者は、虫や動物や魚になる。罪深い魂は土のファス様が罪を償わせるために、大地の眷属《けんぞく》へ変えてしまう。

それ以上に罪深い者たちは、炎のイグニス様が劫火で魂を焼き尽くし浄化する。

そう言われているけれど、実際に見た人はいない。私も一度死んでいるけれど、死者の国の記憶はないし、気づいたらもう一度アリシア・カリストをやり直していたので、自分でもなんだかよくわからない状況ではある。

私が死んだあと、イグニス様はお怒りになったのかしら。

イグニス様がお怒りになってくださるほど価値のある行動を、私はしていないのだけれど。

やはりどんなに馬鹿な子でも、自分の子供は可愛いということなのだろうか。

イグニス様は心が広い。私なんかの為に怒ってくれるなんて。

私はイグニス様の加護の証である炎魔法でユリアを燃やそうとした女なのに。むしろ怒られるべきは私なのだけれど、ありがたい話だ。

ありがたいけれど国を崩壊させるほどの神罰なんて、やりすぎじゃないかしら。

「アリシア様。レイス様の予知夢は、イグニス様による神罰で多くの民の命が失われるところで終わるということです。それはアリシア様の御身が厄災にみまわれたから。だからこそ、アリシア様の見ている夢の内容を知りたいのです。……当事者であるお二人が悪夢について語るのは辛いでしょう。レイス様の夢については私のほうから話させていただきます。アリシア様の見ている予知夢と相違点があれば、その都度おっしゃってください」

セリオン様は居住まいをただした。

私もつられて背筋をぴんと伸ばした。あんまりしたい話ではないけれど、国の危機と言われたら私には関係がないと逃げる訳にもいかない。

「セリオン。アリシアに無理はさせないでほしい」

レイス様が優しい。

そうやってちょくちょく私の女心をくすぐるのをやめてほしい。

「はい。心得ております。アリシア様も、耐えきれなくなったら必ずおっしゃってくださいね」

「……わかりましたわ」

本当はセリオン様の話なんて聞きたくないのだけれど、この場を立ち去るわけにはいかない。

じわじわ逃げられなくなっているのを感じながら、私は中性的な見た目とは裏腹にやや低めのセリオン様の声に耳を傾けた。

「レイス様の夢は、王立タハト学園に入学したところからはじまるそうです。夢の中のアリシア様は今のアリシア様とは違い、奥ゆかしいというよりは闊達《かったつ》な方のようですね。これは今のアリシア様が、予知夢を見ることで未来への恐ろしさから大人しい性格になってしまった、ということかもしれません」

半分当たっていて、半分違う。

私は前回と同じ過ちを犯さない為に目立たない壁の染みであることを心がけてきたし、レイス様への恐怖からあまり近づかないようにしてきた。

でもそれは自分を守る為であって、恐怖に怯えていたからというだけのものではない。怯える気持ちは本物だけれど、私はそこまで可愛げのある性格ではないのだ。

でもここは、セリオン様の言う通りだと頷いたほうが良いだろう。

「そうなのかもしれませんわ。自分ではよくわかりませんけれど……」

「自分自身のことを理解するのは難しいことだと思います。予知夢といえどもただの夢ですから、現実との違いは少なからずあるでしょう。小さな石を池に投げただけで水面に波紋が大きく広がるように、ほんの少しの出来事が、現在を変えてしまうということはあると思います。アリシア様にとって、それだけ予知夢が衝撃的だったということでしょうから」

やはり、夢。

私の記憶が前世のものだと証明できる何かがない以上、夢ではないと否定できなくなっているのを感じる。

レイス様は私と同じ予知夢を見ていて、だからこそ今まで穏便になるだけ私を刺激しないように、見守ってくれていたのかしら。

そう思うと、死神王子なんて悪口を言い続けていた私とは違って、なんて優しい方なんだと感銘を受けそうになってしまう。

——だとしたら前回にしろ今回にしろ、私はまるで変わっていない。

自分のことしか考えていない独りよがりの愚か者だ。なんだか情けなくなってくる。

「俺の夢の中のアリシアは、天真爛漫で自由奔放な性格だったよ。困ったなと思うこともあったけれど、俺はそんなアリシアが可愛かったたし、好きだった」

「わ、私……、夢の中の私は、レイス様に迷惑ばかりかけていましたわ」

「アリシアは俺にまっすぐな好意を向けてきてくれていたよね。俺はそれが嬉しかったし、とても、安心できたんだ。あぁ、これは……夢の中の俺の感情の話だよ。今の大人しくて控えめなアリシアも、もちろん好きだよ」

にこりとレイス様は私に微笑んだ。

そんなふうに言われたことは、前回の私の記憶の中では一度もない。

なんだか、胸が苦しい。どうして良いかわからなくて、私は視線を彷徨《さまよ》わせた。

「レイス様、お戯れは私のいない時にお願いしたいものです」

「あぁ、ごめんね。セリオン、続けて」

セリオン様に諫《いさ》められて、レイス様は苦笑した。

私は恥ずかしくなってしまい、頬に熱が集まるのを感じる。

セリオン様はあまり気にした様子もなく、落ち着いた声で話を続けた。

「……光の選定で、光の聖女が見つかった。そこから、お二人の関係は変化してしまった。レイス様は光の聖女を庇護し、アリシア様は光の聖女を傷つけようとした。違いますか？」

「そうですわ。私は、国にとって大切な光の聖女を……」

「アリシア様。あくまでもこれは予知夢ですから、大まかな出来事と結末さえわかれば良いのですよ」

「けれど私は、聖女に危害を加えるものとして、私は……」

「アリシア。言わなくて良い」

斬首されたと言おうとしたところで、レイス様が強い口調で私を止めた。

私は両手を握りしめる。息が苦しい。なんだかとても嫌なことを思い出してしまうような気がして、頭が痛くなる。

かつての愚かだった私を、それが予知夢としての記憶だとしても、好きだと言ってくれたレイス様。

処刑される前回の私を仄暗《ほのぐら》く笑いながら見ていたレイス様と、今の私を気遣ってくれる思いやりと優しさに満ちたレイス様。

どちらが本当のレイス様なのだろう。

私はどうしたら良いのだろう。

「……やはり、アリシア様はレイス様と同じ予知夢を見ていると判断して良さそうです。レイス様の予知夢はその後も続き、イグニス様による災禍《さいか》が国を襲うところで終わります。……お辛い思いをさせて申し訳ありませんでした。本来ならば、アリシア様を傷つけないように、私とレイス様で迅速に処理すべきことだったのでしょうが、思い詰めたアリシア様の行動力を私たちはみくびっていました」

「駆け落ちは嘘だということだよ、セリオン」

「それは良かったですね。それは、本当に、良かった。お互いの為に」

セリオン様はゆっくりと何度も、良かったと繰り返した。

駆け落ちが本当ならどうなってしまったのだろう、なんだか今更ながらとてつもなく怖くなってきた。

レイス様から逃げたいあまり、適当な男性に縋《すが》るような真似をしなくて良かった。セリオン様の口ぶりでは、きっと何かとても大変なことになっていただろう。

ここまでの会話の中で（私は何もかもを捨てて森に逃げたいと思っているだけなので、詳しく知りたい訳でもなかったのだけれど）前回の私の出来事をレイス様は予知夢として見ているということは理解できた。

そしてどうやらレイス様はセリオン様と相談をして、その夢の中の出来事について何か行動を起こそうとしていたらしい。

私にはよくわからないのだけれど、前回の出来事の中で問題があるとすれば私の行いぐらいのものなので、王国を守る為には私を森に解き放つのが一番手っ取り早いのではないかと思う。

問題行動を起こすアリシア・カリストがいなければ、光の聖女も無事だ。ユリアと出会わなければ彼女を燃やそうとした私の処刑も起こらないので、何もかもが丸く収まるのではないかしら。

そこまで考えて私はふと気づいた。

これは私にとって、とても良い方向に話が進んでいるのではないの？

レイス様もセリオン様も私の有り様を知っている。私が怖がり逃げようとした理由をわかってくれているということだ。

ここは情に訴えかければ、自由をもぎ取れるかもしれない。

婚約解消しないとレイス様は言ったけれど、それはきっと気の迷いだ。

怯えて逃げようとした私を哀れんでくれているだけだろう。

公爵令嬢の私が、森で一人暮らしなどできないと心配してくれたのかもしれない。私の辿る結末に同情して、優しい言葉をかけてくれただけ。

そう思うとやや気持ちが軽くなった。

窓の外に見える晴れ渡った空が今はとても遠いわね。レイス様に足止めをされてしまったけれど、本当ならば今頃は薪でも集めて炎魔法で火を熾《おこ》していたはずだわ。待っていて私の、森生活。さようなら貴族生活。二度と戻ったりはしないわ。

そしてほとぼりが冷めたら小さな田舎町で、お針子などをしながら慎ましく暮らすのだ。お針子が駄目なら食堂の店員などでもいい。

従順なふりをして話を聞いていたけれど、私の執念深さを甘く見てはいけない。私は今のところ、森生活を諦めていないので。

「あの……セリオン様、予知夢によれば私は悲惨な最期を迎えますわ」

勇気を振り絞って私は言った。

セリオン様は美しい顔に悲しみの表情を浮かべた。

「……アリシア様、予知夢はあくまでも予知夢です。恐れる必要はないと、もっと早くにお話をするべきでした。あなたの苦しさをいたずらに長引かせてしまったこと、申し訳なく思います」

セリオン様の口調はとても優しい。もしかしたら私に同情し、応援してくれるかもしれない。

「いえ……、あの、あのですね……？」

そんな甘い期待を胸に、私は口を開く。

「何、アリシア？」

レイス様の甘ったるい声が恐ろしい。私の魂胆が見抜かれているような予感がする。

私を見るレイス様の視線が怖くて見返せないけれど、もう一押し、もう一押しするのよアリシア。

私を処刑するレイス様のそばで私の心が休まる日が来るわけがないのだから。ここは、折れては駄目。

私が見ているものが夢だろうと前回の人生だろうと、内容は変わらないのだから。夢だからといって、じゃあ大丈夫ですね、だなんて安心してはいられない。

そんなことは本当ならどうだってよくて、今一番大切な問題は私が今の立場から逃げられるかどうか、ただそれだけだ。

「私、怖いですわ……。自分がしでかしてしまうこと、それから、自分が迎える結末が、とても恐ろしいのです。だから……、駆け落ちなんて嘘を吐いて、家を出ようとしましたわ」

「俺はそれが本当だと思って、アリシアを城に攫《さら》ってきたわけだけど」

レイス様は私を攫《さら》ってきたという自覚はあるようだ。

今は落ち着いているけれど、駆け落ちを問い詰めてきた時のレイス様の怒りようは、それはそれは恐ろしかった。

あれぐらいの迫力でもって前回の私のことも叱りつけてくれたら、私も考えを改めたかもしれないのに。

「誤解がとけて何よりです。レイス様もかなり思い詰めていましたから、私は扉の外ではらはらしていましたよ。問題が起こる前に止めに入らなければと、気が気ではありませんでした」

薄々は気づいていたけれど、セリオン様はかなり前から扉の外で待機していたらしい。

恐れ多くも次期神官長様なのに、迷惑をかけてしまい申し訳ないわね。

「嘘は吐いてしまいましたけれど……、恐ろしくて家を出たいと思っているのは本当です。……私は、何度もあの光景を見ましたわ。とても怖くて、辛くて、だから私……」

再度抵抗を試みる私を、レイス様は静かな眼差しで見つめている。怒っている様子はなさそうだった。

セリオン様は辛そうな表情を浮かべる。思った通り、セリオン様は私に同情的だ。

「アリシア様、お気持ちはわかりますが、予知夢に惑わされてお立場をお忘れになってはいけません。レイス様は、あなたを大切に思っています。それに、光の聖女は……」

セリオン様はそこで言葉を区切り、言葉を選ぶようにしばらく黙ってから薄い唇を開いた。

「もしアリシア様がどこかに逃げたとして、アリシア様の御身に不幸が起こらないとは限りません」

それはそうかもしれないけど。

でもどこかに逃げた私が不幸になるとは限らないと思うのよ。もしかしたら森で金脈などを探り当てて大金持ちになるかもしれないじゃない。可能性はあるわ。

「……お話は、よくわかりましたわ。神罰を避ける為には、私がつつがなく幸せに生きることができれば、良いということですのね」

わかったような、わかっていないような状態ではあるが、ここはわかったということにしておこう。

ここで理解したと言っておかないと、レイス様とセリオン様の説得が永遠に続きそうだ。

彼らはちらりと目配せをすると、安堵したように軽く頷いた。

「理解していただけて、何よりです。アリシア様が破滅の道を歩まないように、私も学園でのアリシア様をできる限り庇護させていただきます。それが、レイス様の為でもありますから」

「……え？」

「……ん？」

セリオン様の言葉に私は首を傾げる。

首を傾げた私を見て、どういう訳かセリオン様も不思議そうに目を見開いた。

いや、「ん？」じゃなくて。そんなに綺麗な顔で、悪意のなさそうな不思議そうな表情をしても駄目だ。私は聞き逃さなかった。疑問に思うのは私のほうだと思う。

今、セリオン様は学園でのアリシア様を庇護するとか言わなかっただろうか。

学園というのは、無論『王立タハト学園』のことだろう。私にとっては嫌な思い出しかない場所だ。

「アリシア、光の聖女は現れない。アリシアは、何の不安もなく学園に通うことができる。大丈夫、何があっても、俺がそばにいる」

レイス様が私の手を取って、優しく言った。どこか愁《うれ》いを帯びたように見える優しげな青い瞳は、いつも夜空に煌《きらめ》く星のように輝いている。

レイス様の姿を見ていると冴え冴えとした月の光を思い出す。それは安らぎを与えてくれるけれど、一抹の寂しさを内包する静かな光だ。

うまく見返すことができない。レイス様に対する恐怖は徐々にだけれど薄れている。

私を想ってくれる言葉が、嬉しい。

何度も否定しているのに、そんな風に思いそうになってしまう。

駄目よ、アリシア。流されては駄目。同じ道を辿らないと決めたじゃない。

「あの、あのですね……、私がつつがなく幸せに生きられれば問題ないというのなら、……それは、たとえば森、とか……、森の中とかはどうでしょうか……？」

学園には行きたくないもの。私は性懲りもなくもう一度聞いてみることにした。

「アリシア、……そんなに森が良いの？」

「えぇ、もう心の準備も万全ですし、薪を燃やして星空を眺めながら、森の動物たちと歌を歌う練習は何度もしましたわ、心の中で……！」

一生懸命主張する私の話を、レイス様は微笑みながら聞いてくれている。

セリオン様が何とも言えない表情で私を見ているけれど、気づかないふりをしよう。

「わかった。じゃあ、俺も一緒に森に行くよ。アリシアが一人で、森の中で生きていけるとは思えないし」

「確かにアリシア様は森で暮らしたら数日で餓死しそうな気配はありますが、レイス様、それは駄目ですよ」

とても可哀想な者を見るような眼差しを、セリオン様が私に向ける。

その視線は身に覚えがある。私が陰険男と呼んでいた前回のセリオン様と同じだ。優しくて落ち着いた方という印象だったけれど、やはり陰険男が本性だったに違いない。

違うわ、アリシア、落ち着きなさい。

そうやって心の中で悪口ばかり言っていたから、何ひとつうまくいかなかったのよ、私。

謙虚なアリシアは、セリオン様のことを優しくて穏やかで素敵な方、としか思わないはずだ。間違っても陰険男とか思ってはいけない。

「森には……、虫や獣がいるだろう。特に、足が沢山ある虫や、逆に足がなくてぬるぬるした虫や、毛ばりに毒を持つ虫もいる。蜘蛛も蛇もいるし、熊もいるし、蛭《ひる》もいるかもしれない……俺は、大切なアリシアをそんな場所に一人にはできない」

「ひぇ……っ」

なんてことを言うんだろうレイス様は。

可愛いリスとかウサギとか、野ネズミ……はあんまり可愛くないけど、ともかくそういう、小鳥とか、可愛い動物に囲まれて穏やかに暮らすという私の夢を壊さないでほしい。

「きのこには毒があるかもしれないし、野草だって危ない。動物を捕まえて食べる為には、皮を剥いだり血を抜いたりしなければいけない……、公爵家で育ったアリシアに、そんなことはさせられないよ。だからセリオン、アリシアがどうしても森が良いと言うのなら俺も一緒に行くから、止めないでほしい」

「駄目ですよ、レイス様。レイス様は国王になる方です。アリシア様も王妃になるのですから、お二人には王立タハト学園を卒業していただきます。そうでなければ、他の貴族に示しがつきません。未来を恐れる気持ちはお察ししますが、ばかなことを言うのはおやめください」

セリオン様が怒っている。

滅多に怒りそうにない方が怒るというのは恐ろしいものだ。

私は震えあがったけれど、レイス様は特に気にしていないようで、さらにセリオン様に反論しようとする。

「でもね、セリオン。アリシアの為……」

「レイス様、レイス様、もう良いですから、森とか、もう言いませんから……！」

これ以上セリオン様を怒らせてはいけない。

本能でそう気づいた私は、慌ててレイス様を止めた。

それに私は、レイス様が森には蛇とか蛭《ひる》とか蜘蛛が沢山いるというので、すっかり怖気づいてしまっていた。

処刑も怖いけれど、蛇も蛭《ひる》も蜘蛛も怖い。

森の中で蛇に出会ったら、恐怖のあまり炎魔法で森ごと焼きつくす自信がある。

そうなった日には、天罰どころか私自身が天災である。それはいけない。さすがにそれは駄目だと私でもわかる。

「そう？　アリシアと森で二人、ひっそりと暮らすのも良いかと、俺は結構本気で思っているけどね」

レイス様が、くすくす笑いながら言う。

私はしばらくうっとりとその姿を眺めていた。正気に戻れと私の右頬を叩いてくれる人がいなかったので、うっとりしてしまっても仕方がないわよね。そういうことにしておこう。

セリオン様の案内で、レイス様の自室からほど近い部屋に連れていかれた私は、外側から鍵がかけられる音を聞いた。

その部屋はベッドルームと、書斎とテーブルセットのある部屋に分かれていて、室内はとても広く豪華な作りになっている。

私を部屋に案内したセリオン様は少し申し訳なさそうな顔をして「アリシア様、大丈夫ですからね」と念を押すように言っていた。

セリオン様は基本的には温和で繊細な方なのだと思う。グラキエース家の祈りの言葉にあるように、水の大精霊イシュケ様は美しく心根の清廉な方だと言われている。イシュケ様の加護が強いセリオン様もきっとイシュケ様に似ているのだろう。

——そういえば、前回のセリオン様は光の選定の後、姿をお見かけしなかったわね。

私は自分のことだけで手一杯だったし、そもそも元々セリオン様には嫌われていたので気にしてなんていなかったのだけど。聖女が現れて神殿の仕事が忙しくなったたか、予定より早く神官長の役割を引き継ぐことになったのかもしれない程度に考えていた。

私が牢に入れられた後も処刑の日も、セリオン様の姿は見なかった。ということは、彼は私の処刑にあまり関わらなかったのだろう。聖女の保護は王家と神官家が行っているので全く無関係ではないのだろうけれど。

でも私の処刑には、セリオン様は関係がない気がする。そもそも神官家というのはその名の通り慈悲深い方々だと有名である。セリオン様ならば、大衆の前で斬首をさせるなどという愚行は止めてくれるはずだ。

心の中で色々悪口を言ってしまったけれど、セリオン様を恨む必要はないのかもしれない。セリオン様はおそらく善意で私を引き止めてくださっているのだから。

私はしばらく城で暮らすことになるらしい。

輿《こし》入れ前なので、ずっとレイス様の自室におくわけにはいかない。かといって公爵家に帰すと、また逃げ出さないとも限らない。そんな訳で私は今、城の一室に閉じ込められています。

正式に婚約解消もされていないのに逃げようとした私が全面的に悪いので、文句を言えるような立場ではないのだけれど、レイス様は結構疑り深いわね。あれほど違うと言ったのに、未だに浮気相手の存在を疑われている気がする。私があまりにも森にいきたいと言い張ったせいかもしれない。

レイス様は私のお父様と話し合って、私の処遇を決めるのだという。

部屋に閉じ込められて暇になってしまった私は、これからどうするかをソファに座って考えていた。

早起きしてしまったせいで少し眠い。

ふかふかのソファと柔らかいクッションに埋もれて座っていると、眠たくなってきてしまう。

それにしても。虫とか、狩りとか、毒のある食べ物とかについては考えていなかったわね。

この数年間外に出たくなくて、暇を持て余して本ばかり読んでいたけれど、物語に出てくるお姫様たちは森で動物たちと戯れながら優雅に楽しく暮らしていたのに。レイス様の話で森は怖い場所だとよくわかった。

あのお姫様たちも、実際にはお肉を食べる為に、共に歌っていた動物たちを捕まえて皮を剥いだり血を抜いたりしていたのだろうか。怖い。現実って怖い。

お肉は食べなくても良いかもしれない、せめて食べられるきのこや野草の区別ができれば良いのだけど。

熊や狼には勝てるはずよね。私にはイグニス様の加護がある、私の炎魔法の前に熊や狼はあっという間に灰になるだろう。怖いけど。

ものの本によれば火を通せば大抵のものは食べられるというし。

うん。やっぱりなんとかなりそうな気がするわね。

そう思うと少しだけ元気が出てきた。

目を閉じると、眠気がじんわりと忍び寄ってくる。

私の頭の中で、焚き火を取り囲んでリスさんやウサギさんが可愛らしく歌っている。

『アリシア、アリシア、能天気、怠惰でちょっとお馬鹿さん～』

うるさいわね。

燃やすわよ。

「……ん～……」

どれぐらい眠っただろうか。

森の動物たちの不愉快極まりない罵倒のせいで若干不機嫌になりながら目を覚ました私は、そろそろとソファから立ち上がる。

それからきょろきょろと周りの様子を確認すると、着替えが用意されているのを見つけた。レイス様が用意してくださったのだろうか？　控えめながらも上品な、質の良いドレスだ。

私が着替えを終えたところで、かすかに物音が聞こえた気がした。

扉のほうへ向かうが外に人の気配はない。足音もしないし、話し声もしない。

鍵……まさか開いていたりなんてしないわよね。まさかね、まさか。

心の中で呟きながら扉に手をかけると、外側から錠をかけられていたはずの扉はあっさりと開いた。

あれ。逃げられるんじゃないのかしら、これ。

私は極力音を立てないように扉の外へ出ると、何となく壁に張り付きながら周囲を見渡す。遮蔽物がないから当然丸見えなので壁に張り付いた意味は特にない。雰囲気である。

廊下に人の姿はない。大丈夫そうだわ。

レイス様とセリオン様の説得に応じた感じを醸し出していた私だけれど、そんなに物わかりが良いと思ったら大間違いだわ。

レイス様にときめいたりうっとりしちゃったりしたのは出来心なのよ。私を罵倒した動物たちが森では待っているはずなので、思う存分こき使ってやる。

そんな決意を胸に、私は城から抜け出すべく廊下を歩いた。

レイス様の部屋は二階にあったから、階段を降りて正門へ行けば城から逃げられる。でもさすがにそんなに堂々と正面突破をしたら見つかっちゃうわよね。

中庭の手前までいけば、東門と西門へ分かれる通路がある。城のさらに奥へ入るかたちにはなるけれど、正面突破よりはまだ賢いのではないかしら。

そんなことを考えながら私は一階まで降りた。通路の陰に隠れて一息つくと、ばたばたと兵士の方々の走り回る足音が階上から聞こえる。

もしかして、捜されているのかしら。

もしかしなくても、捜されているのかしら。

私は慌てて中庭のある城の奥へ向かった。

広い中庭には明るい光が差し込んでいる。外の新鮮な空気を吸い込むと、まだ逃げられたわけでもないのに少しだけ安堵した。

爽やかな風が回廊に吹き抜けている。奥には尖塔が聳《そび》え立っているのが見える。あれは王家の罪人を閉じ込める場所だ。貴人用の牢屋に閉じ込められた記憶のある私は、既視感を覚えて身震いをした。

ふと、近づいてくる足音に身を竦《すく》ませる。

尖塔のある方向、私とはちょうど反対側の回廊の向こう側から、兵士がこちらに歩いてくる姿が見えた。

中庭は開けていて、身を隠すのは難しそうだ。走って花壇の陰に身を潜めることはできるかもしれないけれど、辿りつく前に確実に見つかってしまう。

焦った私は来た道を戻ろうとした。けれど、そちらの方向にも私を捜す兵士の方々の足音が響いている。

ここは一旦どこかに身を潜めるべきね。

急がば回れという言葉もあることだし、今ここで見つかって連れ戻されるのは恐ろしい。主にレイス様が恐ろしい。「城の中庭で逢引しようとするなんて、良い度胸だねアリシア」と今度こそ浮気疑惑を確信に変えられてしまう。そんな事実はないのだけれど。

処刑されるのも怖ければ、浮気を疑われるのも怖いわ。じゃあ逃げるなという話なのだけれど、ドアが開いていたのだもの。それは逃げるわよ。

そこに山があるから登るのと同じように、ドアが開いていれば逃げる。人間なんてそんなものよね。私は別に悪くない。

なるだけ音を立てないようにしながら、手近な扉を開いて私は体を滑り込ませた。

思いのほか広い空間には、沢山の本が壁一面に並んでいる。

どうやら、王家の書庫のようだ。中庭からほど近くにあったのに、前回の私は真面目さとは無縁の女だったので、入るのは初めてだった。

西側の窓から明るい光が差し込んでいる。窓から差し込む光に埃の粒子が照らされて、きらきらして見えた。

沢山の本があるせいか、やや埃っぽい。

閉まった扉を背にしてもたれかかり、私は深く息をついた。

「逃げるって結構大変なのね……」

ぽつりと呟く。

静かな書庫に私の小さな呟きがよく響いた。

「――アリシア様じゃないですか」

初夏の風を思わせる爽やかな声で名前を呼ばれて、私は顔を上げる。誰もいないと思っていたのに、書架の奥……見上げるほど高い梯子《はしご》の上にすらりとした体形の青年が立っていた。

「丁度良いところに。梯子《はしご》がぐらつくから、降りるのが怖いなぁと思っていたところだったんです。ちょっと、梯子《はしご》を支えてくれませんか？」

青年は悪びれた様子もなく言った。

じゃあ上るな、という感じである。

私は心の中で文句を言いながら、梯子《はしご》に近づいた。今の私は良い子のアリシアなので、頼まれたらちゃんと手伝ってあげないといけない。本当はそれどころじゃないのだけれど。

青年は高いところの本を取りたかったのだろう、片手で何冊かの分厚い本を抱えていて、いかにも不安定な様子だ。

「……リュイ様」

梯子《はしご》の上にいるのは、――根暗男、ではなくて。リュイ・オラージュだった。

オラージュ宰相家は古くからコンフォール王家の右腕を務め、国の統治や税の管理、法の整備などを任されている家である。

国王というのは国の象徴なので、実務に関しては側近に任せていることがかなり多い。

外交や式典での挨拶、外遊など国王にしかできない仕事以外のほとんどがオラージュ宰相に任されている。冷徹でいて忠良《ちゅうりょう》、聡明にして柔軟、それが風の大精霊アネモス様の加護を受けた、オラージュ宰相家の家柄だ。

――リュイ様は、前回の私がタハト学園に入学した時には既に一番上の学年だった。当然のごとく私は嫌われていたけれど、リュイ様はあからさまに態度に出しはしなかった。ただ挨拶を交わす時になんとなく小馬鹿にされているような印象があって、あまり好きではなかった。

一年は共に通っていたはずだけど、時々挨拶をしたぐらいの印象しかない。

というより私が仮病を使うと『今日もどう見ても健康そのものなのに貧血で倒れたと聞いたけれど、具合はいかがかなアリシア』とか余計なことを言ってくるので、あまり近づかないようにしていた。前髪で半分ぐらい目を隠しているのが根暗って感じよね、とか心の中でぶつぶつ文句を言っていたのを覚えている。

前回のリュイ様と今回のリュイ様は、さほど見た目は変わらないようだ。リュイ様はやや癖のある柔らかそうな緑色の髪を、記憶の中にあるように目元が半分隠れるぐらいまで伸ばしている。髪の隙間から見える深い緑色の瞳は、どことなく冷たい印象がある。

運動が苦手なリュイ様は、すらりと細長い。その辺の雑草でも食べて生きているんじゃないかってぐらいに、薄っぺらくて頼りない。そんなことを言ったら百倍の言葉で逆襲されそうだから言わないけれど。

「名前を覚えていただいているとは、光栄ですね。てっきりアリシア様にはそういう記憶力はないものと思っていましたよ」

今すぐこの支えている梯子《はしご》を揺らして、床に落としてやろうかしら。

梯子《はしご》の上からふらふらと降りながら、挨拶がてら嫌味を言ってくるリュイ様――、もうリュイで良いや。リュイに、私は腹を立てた。

第三章　逃げる私と書庫の男

分厚い本を三冊抱えて書庫の梯子《はしご》から降りてきたリュイは、大儀そうに抱えていた本をどさっと空いたテーブルの上に置いた。

それから物凄い重労働をしたといった感じを醸し出しながら、首を回して溜め息を吐いた。

支えていた梯子《はしご》から手を離した私は、どうしようかと考える。

今のところ、リュイは嫌味だけれど私を捕まえようとする様子はない。少し話をしてみるべきかしら。

扉の外ではまだ、騒がしい足音が遠くに聞こえる。少し時間を稼いだほうが良いかもしれない。

「アリシア様、なんでこんなところにいるんです？　確か半年ぐらい前の晩餐会でレイス様の前から逃げてましたよね」

私が話しかける前に、リュイが先に口を開いた。

リュイが話しながら赤い本の表紙をぱんぱんと手で払うと、埃が散った。服が汚れるからやめてほしい。

「あの時は、元々愚かだとは思ってましたけど、さらに愚かになったのかと思いましたよ」

なんて失礼なのかしら。

レイス様もセリオン様も前回の私の記憶にある二人よりはずっと私に優しいのに、リュイだけは相変わらずだわ。伸びすぎている髪も服装もどことなくだらしないし、書庫で寝泊まりして一日中本を読んでそうな根暗男って感じよね。

私も本は読むけれどそこまで沢山という訳ではないし、私が読んでいる本を教えたらリュイはせせら笑いしそうな雰囲気を感じるので、リュイとは趣味が合わないわ。絶対に気も合わない。確信できるわ。

「心を入れ替えて立派な王妃になる為に勉強でもしにきたんですか？　やる気があるのなら、教えてあげないこともないですよ」

にやにや笑いながらリュイが言う。

根暗な上に嫌味な男だ。ちょっと賢いからって、調子に乗っているに違いない。

ちなみに前回の私の成績は、ユリアに嫌がらせをするようになってからそれはもう大暴落した。元々さして良かったという訳ではないけれど、目も当てられない有り様だった。

でも私の役割は王妃としてレイス様の子供を生むことだと信じて疑わなかったので、どれだけ成績が落ちようと気にもしていなかった。

少しは気にしろという話である。嫌がらせに精を出さずに、素行を改めて婚約者としての存在感を示せば良いものを、私は一体何をしていたのだろう。

冷静になった今ではそれがわかるけれど、私はもう頑張りたくないのでわかったところで今更学業に精を出したりはしません。しないったら、しない。

「そういうわけではないのですけれど……」

一方的に嫌味を連発された私は、何とかそれだけを返した。

そうぽんぽん矢継《やつ》ぎ早《ばや》に言葉をかけられても、返すのが大変なのでできれば一息いれてほしい。

リュイは私の返事なんて別に求めていないのかもしれない、返ってきたのは返事とも独り言ともつかない言葉だった。

「……まぁ、書庫に勉強しに来るわけがないですよね、アリシア様が。レイス様を避けるばかりで婚約者の義務もまともに果たそうとしないアリシア様が。なんでいるんですか、城に。そういえばやけに外が騒がしいですが……、アリシア様、なんだか服も髪も乱れていますよね。……何故です？」

緑色の髪の隙間から、見透かすような視線が私に向けられている。

私は言葉に詰まった。嘘を吐いて兵士に突き出されるのも嫌だし、本当のことを言ってもリュイが味方になってくれるとはとても思えないからだ。

「もしかして、いよいよどこか遠くに逃げようとしましたか？」

「うぅ……」

私は何も言っていないのに、この短時間で見抜かれてしまったわ。

これだから苦手なのよ。

運動できないくせに頭はやけに回るのよね、この男。次期宰相なのだから、頭が良いのは当たり前なのでしょうけれど。

「その顔は図星ですね」

リュイは呆れ顔で嘆息すると、本が置かれているテーブルの上に行儀悪く座った。座ると薄っぺらい体がもっと薄っぺらく見えた。

私は先生に怒られる生徒のように、リュイの前に所在なく立っている。居心地は悪いけれど、今部屋から出ていくわけにもいかないので仕方ない。

「城に連れてこられるぐらい大事になったということは、本格的な逃亡ですねアリシア様。一体どこに逃げようとしたんです？」

「……手頃な森に」

私は白状した。誤魔化しきれるとはとても思えなかったからだ。

「森に手頃とかありませんけど」

リュイは眉間に皺を寄せると痛そうに頭を振った。完全に小馬鹿にされている感じがする。

「レイス様の何が気に入らないと言うんですか、アリシア様？」

本当によくわからないといった様子で、リュイが尋ねる。

それはそうだろう。レイス様は非の打ちどころのない婚約者だ。次期王になる王太子殿下で、素行も良く温和で優しい。

冷静に考えて、びくびく怯えて避け続ける私のほうに非があるとしか思えない。

そのうち私を処刑するからです、だなんて酷い言いがかりにしか聞こえないだろう。リュイにはとてもそんなことは言えない。言ったら最後、その豊富な語彙《ごい》で物凄い罵倒をされる予感がする。

「……私、レイス様の婚約者には相応《ふさわ》しくないと思いましたの」

「まぁ、そうでしょうね」

あっさり肯定されてしまった。

婚約者の立場から逃げたかったのは事実だけれど、こうも簡単に肯定されるとそれはそれで腹が立つわね。

「それで、逃げようとして……、部屋にでも閉じ込められましたか？　レイス様はアリシア様のことになると冷静さを失いますからね。俺がいくら婚約者を変えろと言っても聞いてくれなかったし」

「そうなのですね」

「閉じ込められたら逃げたくなりますよね。その気持ちはわからなくもないですけど。でもレイス様はどうしてもアリシア様が良いみたいだし、諦めたらどうですか。レイス様は現在の立場を手に入れるまで、かなりのご苦労をされてるんです。そのレイス様に今以上の心労をかけるのはやめてほしいものですね」

リュイは私にちくちく言った。ちくちくされすぎて、私の体はもう穴だらけの満身創痍《まんしんそうい》なのでそろそろ解放してほしい。

私はリュイ自身のことはそこまで知らないけれど、オラージュ家はコンフォール王家に最も近しい家だ。

それこそ、レイス様の直属の従者のような存在と言っても過言ではない。だからリュイもレイス様のことは大切に思っているようだ。

「私のような者がレイス様のおそばにいるのは申し訳ありませんわ」

「アリシア様は、晩餐会やお披露目会に僅かばかり出席しただけであとはずっと部屋にいた、部屋ごもり令嬢ですからね、それは申し訳ないだろうと思いますよ」

「私のような者は部屋にこもっているぐらいが丁度良いのです。レイス様の隣に並ぶ自信なんてありませんし……」

「どうしてまた、そんなに自信がないんですか。カリスト家の血を引きイグニス様の加護が強いというだけで、十分だと思いますけど」

リュイが首を傾げる。

今までの会話の中では予知夢の話は出てきていない。

レイス様とセリオン様は、私が未来を恐れて部屋にこもったり逃げ出したりしたのだと理解してくれていたけれど、リュイは予知夢のことを知らないのかもしれない。レイス様はリュイに話をしていないのだろうか。リュイにこそ、話すべきことだという気もするのだけれど。

「レイス様が嫌いですか？　レイス様の話では、幼い頃のアリシア様はレイス様のお嫁さんになるのだ、と言って嬉しそうにしていたそうじゃないですか」

なんて健気で純粋で可愛くて幼い私。レイス様はよく覚えているわね。レイス様と過ごした幼い頃の記憶は私にはないのに。多分その頃の私はまだ前回の記憶を思い出していなかったのだと思う。レイス様が言っていた、王家の庭で迷子になった記憶だって私にはない。レイス様に抱き上げてもらって庭から抜け出した記憶もまるでない。

幼い頃の記憶がまるですっぽり抜け落ちてしまったかのようだ。私の記憶は前回の記憶を思い出した時から始まっている。だから余計に今の私にはレイス様が恐ろしく感じられているのかもしれない。

「嫌いというか、なんというか……」

レイス様に抱いている感情は、今はなんだかよくわからない。

私になるだけ気配りをしてくださっているのは理解できる。そばにいると、前回の自分に戻ってしまったような──レイス様が恋しいと思う瞬間がある。

私を好きだと言ってくれた。結婚したいと言ってくれた。そばにいると、言ってくれた。

前回のレイス様はそんなこと私には言ってくれなかった。私が欲しい言葉を沢山言ってくれる今回のレイス様のそばにいると、逃げ出す決心が鈍ってしまいそうな気がする。

でもだからこそ、疑いたくなってしまう。

レイス様が私を好きというのが本当なら、笑いながら私を処刑した前回のレイス様は一体何だったのかしら。

今回の私は、前回の私みたいにレイス様に好かれようと頑張っていないのに。頑張っていないどころか、あきらかに避けて嫌っていたのに、どうして優しくしてくれるのだろう。

「アリシア様、もしかして部屋にこもっていたのも、晩餐会やらお茶会やらでの態度が奇妙だったのも、レイス様の気を引きたかったから、とか？」

リュイがいかにも合点したとでもいうように、両手をぽんと胸の前で合わせて言った。

「はぁ……、違いますけど」

それは大きな勘違いですけど。

「あきらかに様子がおかしいふりをして、レイス様を試していた、とか。そういう可能性もありますよね……」

「そんな可能性はありませんけれど……」

「そういった煩《わずら》わしい女性も、世の中にはいると聞きます。とすれば、逃亡の件もその一環、ということになりますね」

そんなことにはなりません。

リュイは頭の回転が速いのだろうけど、速すぎて私にはちょっと追いつけない。

どうしてそういう結論になるのだろう。予知夢や前回の記憶のことを知らないリュイの目から見ると、私はそんなとてつもなく面倒臭い女に見えるのだろうか。

まさか、そんな。

態度を改めたつもりなのに、再び面倒臭い女の烙印を押されてしまうだなんて。

「……でも、アリシア様。レイス様にはあなたを構ってばかりいられない事情がありまして」

「そうなのですね……」

なんだかもう嫌になってきて、私は適当に返事をした。

そもそも私はレイス様に構ってもらいたいなんて思っていない。

リュイはそこで何故か言葉に詰まった。今まで流暢に、それはもう達者によく回る口で私に嫌味をぶつけ続けていたというのに、どうしたのかしら。

「俺はレイス様を信じてますけど、……あの方は嘘がうまいですからね。俺に黙って、セリオンとこそこそ何かを行っているようだし……、アリシア様、レイス様に何か言われませんでした？」

「特には……」

唐突に真剣な声音でリュイが言うので、私はやや訝《いぶか》しく思いながらも首を振った。

聖女は現れない。

レイス様とセリオン様はそう言っていたけれど、それをリュイに伝えて良いのかどうかわからない。

「そうですか……」

しばらく言い淀んだ後に、リュイはぽつりと言った。

「アリシア様。レイス様は過去に双子の弟を殺しています。目的の為なら肉親さえ殺す。そういう方なんですよ」

それは明るい日差しが差し込む静謐《せいひつ》な書庫には相応《ふさわ》しくない、残酷な言葉だった。

リュイは突然何を言っているのだろう？　それに、その声は先ほどまでと違って無機質だ。嫌味で嫌な男だとは思っていたけれど、今のリュイからは突然感情が抜け落ちてしまったような気味の悪い違和感を感じた。

「双子の弟……？」

私は戸惑いながら、それしか言葉を返すことができなかった。

そんな話は、私は知らない。レイス様にご兄弟がいたとさえ聞いたことがない。

今回の私はずっと逃げていたから知らなくて当たり前だけれど、前回の私だってあれほどレイス様のそばにいたのに知らなかった。

突然告げられた事実に戸惑っていると、私を見るリュイの瞳が、まるで私に今初めて会ったとでもいうかのように唐突に見開かれる。

「あれ、……今俺は、何を言いました？　アリシア様、どうしてここにいるんです？　俺が、扉を開けましたか？　……くそ、なんなんだ！　俺の頭の中に勝手に入ってくるな……！」

突然、リュイが自分の頭を押さえて蹲《うずくま》るように体を折り曲げた。

苦しげに呻くその姿に、私は驚いてびくりと体を震わせる。

「リュイ様、どうされましたの……？」

「アリシア様……、……あぁ、何なんだ、これ。あんたは、今すぐ部屋に……」

私は思わずリュイに手を伸ばした。

支えようとその腕に触れた途端に、――あの時の記憶が頭の中に流れ込んでくる。

ユリアを害しようとした私は、貴人用の牢に入れられた。

私に魔力封じの首輪を嵌めに来た男は——リュイだった。

『……あぁ、なんて愚かな、アリシア様……、あなたが最後の■■、だったのに』

——リュイは何と言っていたのかしら。

わからない、思い出せない。

息が、詰まる。

吐き気がする。

私はリュイに差し伸べていた手を引き戻した。とても恐ろしい何かを思い出しそうになっている気がする。気持ち悪くて、眩暈《めまい》がして、何も考えられなくなった私はリュイの前から後退り、気付けば書庫を飛び出していた。

回廊には兵士の姿はもう無かった。私は混乱しながら、中庭のほうへ走る。今はただ書庫から離れたかった。

「アリシア、待て！　行くな！」

背後からリュイの声がする。

リュイの様子は普通ではなかった。あれはどう見ても正気ではない。

それでもレイス様が弟を殺したという言葉には、どこか真実味があった。

聖女は現れないと、レイス様は言った。もしかしたらそれは、双子の弟と同じように、そして処刑された私と同じように、邪魔だから——殺すと言うことなの？

「駄目だ、待て……っ、話を聞け！」

行く当てもなく走って広い中庭の中央まで来ると、足下に一陣の風が巻き上がるのを感じる。

「裁きのアネモス、彼の者を拘束せよ！」

リュイの言葉と共に、風は私の体に纏《まと》わりつき、見えない拘束具のように私の体を縛り付けた。

中庭に敷き詰められた石畳の上で身動きが取れなくなった私に、ぜえぜえと息を切らしながらリュイが近づいてくる。

その情けない姿を見ていると、混乱していた気持ちが少しだけ落ち着いた。

リュイは走ったせいで乱れた長い前髪をかきあげた。綺麗なかたちの額が見える。いつもは前髪で隠されたリュイの顔をきちんと見たのは初めてだった。レイス様やセリオン様には劣るけれどそこそこに綺麗な顔立ちをしている。

「待てと言ったのに……、大人しく話を聞いてくださいよ、走るとか卑怯ですよ……！」

「リュイ様……、先ほどのあなたは、様子がおかしかったですわ」

「様子がおかしいと言えばアリシア様も十分おかしいですけどね。レイス様のもとへ戻りますよ。くそ忌々しいことに、誰かが俺の頭を弄ってアネモスの力を勝手に使いやがったらしい。何者かの魔力に干渉されているとしたら……、それなら魔力封じの首輪をつけて俺の魔力ごと封じれば干渉は阻害されるか……？」

リュイは口元に手を当てて、考え込むように独り言をぶつぶつ呟いた。

言葉の意味が半分以上理解できなくて、私は眉根を寄せる。

「どういうことですの？」

私が足を止めたからだろう、リュイはぱちんと指を鳴らした。拘束魔法が解かれて、動かなかった腕が楽になった。

「あんたを城から逃がしたいって思ってる誰かがいるんですよ。そいつが俺の体を勝手に使いやがった。あんたが閉じこめられていた部屋の鍵、ひとりでに開いてたでしょう……、レイス様を裏切るようなことを俺にさせるなんて、許せない」

冷酷な声音でリュイが言う。それは今までとは違う、感情のこもらない冷たい声だった。

正気を保つ為に強く噛み締めたのか、皮肉な笑みを浮かべる唇からは薄く血が滲んでいる。

「俺の頭を弄った誰かは、アネモスの力で兵士を操り、あんたを俺のところまで誘導したようですよ。そして今度はこの場所に呼び寄せた。……俺も舐められたもんですね」

リュイはきつく眉根を寄せて空を見上げる。

私もリュイの視線の先を追った。見上げた空から黒い何かがこちらに向かって降りてくるのが見えた。

「アリシア・カリスト！　こちらだ！」

力強い男の言葉と共に、黒い何かが中庭に舞い降りてくる。暴風が髪や服を激しく揺らした。

リュイが私を庇うようにして、一歩前に踏み出す。

声のするほう、見上げた先には翼のある巨大な蜥蜴《とかげ》のような生き物が空中に浮かんでいた。その背につけられた鞍には男が跨《またが》っている。

癖のある茶色い髪と金色の目に、逞《たくま》しい体つき。土の大精霊ファス様を表す、三角形を三つ合わせたかたちの金色の紋章が背中に描かれた、深い茶色の軍服を身に纏《まと》った少年である。

その姿には見覚えがあった。特に交流があったわけでもないのに、前回の私が心の中で一方的に筋肉男と悪口を言っていた、ジェミャ・フェルゼン様だ。

フェルゼン辺境伯の嫡子である。

確かセリオン様と同じ年齢のはずだけれど、発育が良いせいか、少年というより青年といったほうが正しいような外見だ。私と比べてしまえば、もう大人に見える。

「……ジェミャ様？」

リュイの次はジェミャ様とは、今回の私は大精霊の加護持ちの方々と縁があるらしい。闇と、水と、風と、土。今日一日だけで、加護を持つ全員に会ってしまうだなんて。

「何の用だ、ジェミャ！　王家の敷地に無断で入り込むなど、許されることではない！」

いつもどことなく気怠い話し方をするリュイが、珍しく声を張り上げている。

リュイはジェミャ様とはあまり仲が良くないのかしら。

私を庇うその背中からは、ジェミャ様に対する憤りと、敵意が感じられた。

「レイス王子は、カリスト公爵家に出向いている。セリオンは神殿に戻った。リュイしかいない今が好機だと思ってな、翼蜥蜴《とかげ》を飛ばしてきた！」

暴風と共に、翼のはえた巨大な蜥蜴《とかげ》――翼蜥蜴《とかげ》が広い中庭へ降り立つ。

羽ばたきの風圧で、美しく咲き誇っていた花が散り、花弁が空へと舞い上がった。煉瓦《れんが》を積み上げて作られた花壇が破壊され、土が石畳の床に零れる。

せっかく綺麗だったのに。王城の中庭を破壊するなんて、どういうつもりなのかしらこの男は。この場所に来るにしても、もっと良い方法があっただろう。私は美しい庭園を破壊しても気にしていない様子のジェミャ様、もうジェミャで良いや。ジェミャの無神経さに苛立ちを感じた。

「アリシア！　俺と共に来い！」

翼蜥蜴《とかげ》から降りたジェミャはリュイには目もくれず、まっすぐ私を見て大声を張り上げる。

雄々しく見栄えの良い男だけれど、第一印象から好きになれない。何をしに来たのかしら。

「ジェミャ。アリシア様はレイス様の婚約者だ。礼儀を弁《わきま》えろ」

平坦な声でリュイが言う。

リュイも先ほどまで私をさんざん愚かだとか言っていたくせに。

「アリシアはその立場を恐れ、逃げようとしているのだろう！　その望み、俺が叶えてやろう！」

何なのこの男。余計なお世話だわ。

ジェミャが自信に満ち溢れた声で堂々と言い、私のほうへ手を伸ばした。

確かに私は逃げようとしていたけれど、良く知らないジェミャに助けを求めようなんて思っていない。

「アリシア様はお前と逃げたりはしない。余計なことをするな。……それに翼蜥蜴《とかげ》で王家の敷地に降りるとは、不敬も良いところだぞジェミャ。フェルゼン辺境伯家は謀反でも起こすつもりなのか？」

リュイと意見が合ってしまったわ。

何だか知らないけれど、ジェミャは本当に余計なことをしないで欲しい。

ジェミャが騎乗してきた翼蜥蜴《とかげ》とやらは、大人しく翼を休めている。

見たことのない動物である。

私の握りこぶしぐらいありそうな金色の瞳や、巨大な口、ぬらぬらと濡れた鱗。御世辞《おせじ》にも可愛いとは言えない容姿をしている。

「邪魔をするな、リュイ。お前は俺よりも弱い。無駄な抵抗をしないほうが身の為だ」

「……アリシア様、さがって」

リュイが真面目な声音で言うので、彼の背後に私は隠れる。

状況に怯えている少女のふりをしながらリュイを見上げると、彼は何故だか苦虫を噛み潰したような顔で私をちらりと一瞥《いちべつ》した。

イグニス様の加護を受けた私のほうが多分リュイよりは強い。それはわかっているけれど、リュイは様子がおかしかったとはいえ散々私に嫌味を言ったし、私は気の弱い大人しいアリシアなので手伝ってなんてあげないわよ。

「……退け、リュイ。大精霊の加護を持つ者同士で、争いたくはない」

「大人しく帰れ、ジェミャ。アリシア様を攫《さら》いレイス様に刃を向けるのなら、俺はお前をオラージュ宰相家の名に懸けて、断罪する」

リュイが手を翳《かざ》すと、その手のひらを中心として緑色に輝く円形の紋章が現れる。

それはアネモス様を表す紋章だった。円形を捩《ね》じったような、絡み合う蛇にも似たかたちをしている。

「我が呼び声に応えよ、土の大精霊ファス！　生ある者全てを司る、生命の樹よ！」

リュイが魔法を繰り出す前に、ジェミャが仕掛けた。

ジェミャの声とともに、庭園の植物たちがぐにゃりと不自然に揺れる。

私やリュイの足下に、鋭く尖った植物の根が押し寄せる波のように伸びてくる。

根は石畳の床を覆いながら、私の足に絡みつく。とても気持ち悪い。

「切り裂け、アネモス……！」

短いが力のある言葉が発せられると、リュイを中心に突風が巻き起こる。

それは襲い掛かろうとする根をばらばらに切り裂いた。

私はリュイが案外戦えることに感心した。

しかしそれも束の間、素早く踏み込んできたジェミャが、リュイの首へ手刀を叩き込む。

「あ、あれ……？」

呆気なく倒れ込んだリュイを、私は唖然として見つめる。

リュイ、魔法は使えても肉弾戦は駄目だったわね。なんせ私よりも走るのが遅いぐらいだし。

呆けている私を、私よりも頭一つ分かそれ以上背の高いジェミャが無理やりその肩へ担ぎ上げた。

私はじたばたと暴れて抵抗を試みる。

レイス様に抱き上げられたときは抵抗しようと思わなかったけれど、ジェミャに触られるのは、嫌。本当に嫌。体中に悪寒が走るほどに、嫌だった。

「暴れるな、アリシア。リュイを見ただろう。魔法が使えるだけでは俺には勝てない。イグニスの魔法を使おうとは思わないことだ。俺は、その綺麗な肌に傷をつけたくない」

翼蜥蜴《とかげ》のほうへ歩を進めながら、ジェミャが言う。

「なんて無礼なの！　私に触れないで、離しなさい！」

ジェミャの腕の中で暴れてみるけれど、力の差があり過ぎてびくともしない。

悔しくて情けなくて、声だけは威勢よくジェミャを叱責した。

頑張って、前回のアリシア。人を叱責したり、糾弾したりするのは大得意だった私。思い出すのよ、私。

こんな状況で大人しくしているような性格の女ではなかったじゃない。

「君が抵抗しようが、俺は君を連れていく。俺たちは王家に長い間騙されてきた。それももう終わりだ」

「……いや、離して、離しなさい！　私に触れて良いのはレイス様だけよ、汚らわしい手で触れるんじゃ……っ！」

ジェミャに無理やり押し倒されるようにして、翼蜥蜴《とかげ》の鞍の上へ乗せられた。

私は——この言葉に、この状況に、既視感がある。頭が痛い。目の前が、赤く染まる。

『汚らわしい……！　……嫌っ、……、……様、たすけて……！』

私は、泣き叫んだ。

牢の中で組み敷かれ――お願いだから、解放してほしかった。

――なんて、酷い、残酷なことを。

「……アリシア？」

「…………レイス様……っ」

頭の中が直接揺さぶられるような、気持ちの悪さを感じた。

――これは命令だからと、リュイが私に魔力封じの首輪を私の首につけた。それから、彼らしくもないあんなことをしようとして……

私は牢獄の中でレイス様に助けを求めていた。こんなのはおかしい、間違いだと言い続けていた。

頭の中に前回の記憶が駆け巡り、もう何がなんだかわからない。

「どうしたんだ？　まぁ良い。ともかく逃げるぞ。アリシア、大人しくしていてくれ」

ジェミャは両手で口を押さえて硬直する私を背後から抱きしめるようにして、翼蜥蜴《とかげ》の上へ乗り、蜥蜴《とかげ》の首に巻き付いていた手綱を掴んだ。

大きく翼が羽ばたく。

庭園の石畳の上に倒れ込んだリュイを残したまま、翼蜥蜴《とかげ》は空へ飛び立った。

第四章　攫《さら》われ癖のある私と神殿の闇

朝起きて森に逃げようとしたらレイス様に捕まって城に攫《さら》われ、様子のおかしいリュイに追いかけられたと思ったらジェミャに攫《さら》われた。

今日は随分と攫《さら》われる日ね。

国中を探しても一日に二回も攫《さら》われるような人は私以外いないだろう。

同じ日に何度も攫《さら》われる選手権があったら私はきっと暫定一位に違いない。

ジェミャの乗ってきた翼蜥蜴《とかげ》とかいう動物に私も乗せられて、連れてこられたのは城のある聖都からかなり離れた場所だった。

辿り着いた先はそれこそ私の逃亡先にと望んでいた、湖のある理想的な深い森——その入り口にある大きな屋敷だ。

おそらくフェルゼン辺境伯の館だろう。空からは、すぐそばに街も見えた。

翼蜥蜴《とかげ》の乗り心地はお世辞にも良いとは言えず、辺境伯の屋敷につく頃には私は疲れ果てていた。

屋敷の入り口で私たちをおろした翼蜥蜴《とかげ》は、役目は終えたとばかりに森へ向かって飛んでいった。

ジェミャは特に気にした様子もなかったので、いつものことなのだろう。

彼はふらつく私を抱えあげて屋敷の中へ入っていく。てっきりフェルゼン辺境伯が出迎えてくれるのかと思っていたけれど、そこにいたのは予想外の人物だった。

「お帰りなさい、ジェミャ様。無事で良かった……！」

それは忘れもしない、忘れたくても忘れられない、ユリア・ミシェル男爵令嬢だった。

輝く様な金色の髪と、角度によって色を変える不可思議な虹彩《こうさい》の瞳。愛らしく可憐な少女である。

前回の私なら逆立ちしてもそんな評価はしなかっただろうけれど、今は素直に可愛らしいと思える。

彼女は前回の王立タハト学園で見てきた、私の知るユリアよりはまだ若い。私と同じ歳だから今は十四歳だろう。

ジェミャに駆け寄るユリアは、兄の無事を喜ぶ幼い妹のようだ。

私はふらつく頭を押さえて、愕然としながらユリアを眺めた。

まさかこんなところで会うなんて思わないじゃない。

こんなところ、フェルゼン辺境伯の屋敷に来ることになるなんてそもそも思っていなかったのだけれど。

ジェミャは私を降ろすと、ユリアの背に手を置いて私の前に立たせた。

「アリシア。彼女は、ユリア・ミシェル」

まぁ、知っているのだけれど。

とてつもない居心地の悪さを感じながら、私はお辞儀をした。

私が苛め倒した挙句、燃やそうとしたユリア・ミシェルである。今の彼女は私を知らないだろうけれど、私は知っている。私の罪と断罪の象徴のような相手だ。

とてもとても、居心地が悪い。どんな顔をして彼女の前に立てばいいのかわからない。

悪魔のような女だと、大嫌いだと恨み続けていた。それなのに目の前のユリアは記憶より幼くて小さくて、何も知らない子供にしか見えない。

私も同じ歳なので同じようなものなのかもしれないけれど、十七年間の記憶がある分、私の内面は大人びている。少なくとも前回の愚かなアリシアよりは少しぐらいは大人だと思う。

「……アリシア様、はじめまして。ユリア・ミシェルと申します」

おずおずと、ユリアが言う。

可愛らしい少女が小さな声で挨拶する姿は健気で、微笑ましい。

ユリアが挨拶をしたのに黙っているわけにはいかないので、一応形式的な挨拶をすることにした。

「アリシア・カリストです。カリスト公爵家の長女ですわ」

「私のようなただの男爵家の者に声をかけていただけるなんて、もったいないことです」

これは、もしかしたら、もしかしなくても、よく教育された良い子なのかもしれない。

前回の学園生活中。思えば一度も挨拶を交わしたことなどなかった。挨拶すらしないなんて全くどうかと思う。前回の私、どうかしている。

ユリアのほうからは挨拶をしてくれたのかもしれないけれど、例によって私は無視をしたのだろう。確実に、無視をしたのだろう。思い出さなくてもわかる。私はそういう人間だった。

「アリシア、実はユリアは……、光の聖女になる可能性があるんだ」

「…………そうですの」

重大な秘密を打ち明けるように、ジェミヤが言う。

私はそっと視線をそらして、頷いた。

知っていることを言われても素直に驚くことができない。ジェミヤは頭の中も筋肉でできていると思うから、私の動揺にもきっと気づいていないだろう。

あぁ、また悪口を——、もう良いか。

今まで内省を続けてきたけれど、それも全部欺瞞《ぎまん》だ。本来の私を殺してしまうことはできない。

それにジェミヤは私を無理やり攫《さら》ってきた人間なので、気を使う必要なんてないと開き直ることにした。

筋肉男、筋肉でできた単純な男、ジェミヤ・フェルゼン。

うん。

とても、すっきりした。

私の体を勝手に触り、頼んでもいないのに連れ去ったことへの苛立ちが何割か解消された。

「……私にはそんな力はありません。何かの、間違いです」

光の聖女と言われた途端、ユリアの表情が曇った。

怯えたように両手を胸の前で合わせて、その瞳は悲しげに潤んでいる。

「よくわかりませんけれど、……私をこんなところに連れてきて、ジェミヤ様は、何がしたいのですか？」

小さく溜め息を吐いて、私は尋ねる。

私を攫《さら》ったことと、ユリアが聖女であることは何の関係もない気がするけど。

「どうか俺たちの話を聞いてほしい。今は少しでも、賛同者が欲しいんだ。アリシアはレイス殿下から逃げようとしたのだろう。……だから、もしかしたらアリシアは気づいているのかもしれないと思って」

「気づいて……一体何にでしょうか」

「王家と神殿の嘘に。……奴らはユリアを攫《さら》い、神殿の地下に閉じ込めていた。俺はある方からそれを聞いて、ユリアを助けた。アリシアが逃げようとしてくれたから、レイス殿下やセリオンの気が逸れて、ユリアを助け出すことができたんだ」

深刻な表情で、ジェミャが言う。

金色の瞳がまっすぐに私を見ている。後ろ暗いことなど何一つなさそうな、馬鹿正直な眼差しだ。

とても嘘を吐いているようには思えなかった。

私の脳裏に「聖女は現れない」というレイス様の言葉が思い出された。

なんだかとても、嫌な予感がする。

知るべきではないことを知ってしまうような、見てはいけないものを見てしまう時のような、胸のざわめきを感じる。

ユリアはびくりと震えると、顔を青褪《あおざ》めさせて、両手で自分の体を抱きしめる。

彼女の感じている恐怖が、私にまで伝わってくるようだ。

レイス様とセリオン様は大丈夫だと私に言った。予知夢のようにはならない。何故なら、聖女は現れないからだと。

「丁度アリシアが逃げようとしていた今朝、俺は神殿に忍び込んで地下牢からユリアを助け出してきた。ある方にユリアを預け、そのまま君のもとへ翼蜥蜴《とかげ》を飛ばした。城にはフェルゼン辺境伯家の間者を忍ばせてあってな。内部の情報を聞きながら、様子を窺《うかが》っていた。リュイには悪いが、無事にアリシアを連れ出すことができて良かった」

「そんな話、突然言われても困りますわ……、ユリアさんが聖女で、神殿に閉じ込められていた、だなんて」

私は俯く。

心臓の音がうるさい。レイス様は、そしてセリオン様は、──私の為にユリアを神殿に閉じ込めたの？

「……アリシアは神殿の闇に気づいていたから、王家から逃げようとしたんじゃないのか？」

「い、いえ、そういうわけでは……」

全く違う。

勘違いも良いところだ。私は王家とフェルゼン辺境伯家と、ユリアの問題に巻き込まれたかった訳じゃない。

こんなはずじゃなかった。

私を森へ帰してほしい。

またも現実逃避しそうになったけれど、私は唇を噛むとユリアとジェミャに順番に視線を送る。

どうしてこうも、前回の私と状況が違うのだろう。

レイス様の見た予知夢のせいだろうか。私の辿る運命を変えてイグニス様の神罰から国を守る為に、ユリアを閉じ込めたのだとしたら、それはあまりにも人道に反している。

こんな無垢な少女を神殿の地下に閉じ込めるなんて。

私だって、地下ではなく、貴人用の整備された牢屋だったけれど、牢屋に入れられたときは怖かった。

それなのに、まだ光の選定すら受けていないユリアを、国の為に牢に入れるなんて、レイス様はどうしてしまったのだろう。聖女とは国にとって大切な存在ではなかったのだろうか。

「……その、ユリアが閉じ込められていたというのは、本当ですの？」

だとしたらそれは、私のせいだ。

私が処刑されたらイグニス様の神罰が国を乱すからと、私一人を守る為に、レイス様たちはユリアを犠牲にしようとしたのだから。

「は、はい……、私、どうしてなのかはわからないのですが……、突然神殿に連れていかれて、ずっと、地下にある牢屋……、牢屋、なのでしょうか、きちんとしたお部屋でしたし、不自由はなかったのですが、ただ、外には出してもらえませんでした。……理由を尋ねても誰も教えてくれなくて、誰も、といっても私が会うことができたのは、世話係の女性一人だけ、なのですけれど……」

震える声で、訥々《とつとつ》とユリアが語る。

理由もなく家から連れ出されて神殿の地下から出られないだなんて、怖かっただろう。

前回の記憶について話したくないと駄々をこねていた私が恥ずかしい。こんないたいけな少女が、自分の状況を説明してくれているのに、私は怖がるばかりで何もしてこなかった。

ユリアの言葉を聞いていると、罪悪感がじわじわと胸を満たす。

駄目過ぎる、なんて駄目なの、私。

「それは、どれぐらい前の話ですの？」

「数か月、でしょうか。……私のお父様が、私を王立タハト学園に入れたいあまりに、お金で男爵位を買ってからすぐのことです。……だから私はてっきり、お父様がお金を作る為に何か悪いことをしたのかと思っていて……」

「それは違う！　ユリアの家は潔白だ、何も悪いことはしていない。悪いのは、王家と神殿だ。レイス殿下とセリオンの二人が共謀し、ユリアを閉じ込めた。聖女とは名ばかりの、国の虜囚《りょしゅう》にする為に」

ジェミヤが厳しい声音でユリアの言葉を否定した。

「うぅ……」

聞きたくないことを物凄い勢いで話されている気がする。

わかるのよ、良心の呵責《かしゃく》は感じるの。

だってそれは多分私のせいだし、レイス様たちにも考えがあるのだろうし。それでもユリアは哀れだし、ジェミヤが憤るのもわかる。

でも、でも、私は巻き込まれたいなんてこれっぽっちも思っていなかった。

これではまるで私は王家に対する反逆者だ。まるで、というか正しく、反逆者の立ち位置に巻き込まれそうになっている。

「アリシアがこの件についてどこまで知っているのかは知らないが、俺はある方から、聖女とは何かについての真実を聞いた」

「そのある方とは、誰ですの……？」

うん、賢いわ、私。

まずはそこからだ。

レイス様とジェミヤ、どちらを信用するべきなのかよくわからない。

でもジェミヤは、誰かの命を受けて動いているように見える。

その人物が信用できるかどうかをまずは判断しなければいけないだろう。

「その方か……、その方は……」

「隠れていたら、信用してもらえませんよね。……ちゃんと、僕からお話しします」

口ごもるジェミヤをさえぎって、まだ声変わり前の少女のような声が答えた。

声のしたほうに視線を向けると、私たちのいる部屋に続く扉が開き、小柄な少年が入ってくる。

その少年は、レイス様にとてもよく似ていた。

「……シエル・コンフォール。僕は、レイスの双子の弟です」

私は息を呑んだ。

リュイは、あの時のリュイは様子がおかしかったけれど、『レイス様は双子の弟を殺した』と言っていた。だとすればこの少年こそが……

「レイス様の、弟……？」

けれど、リュイの言葉を信じるなら何故生きてここにいるのだろう？

シエルと名乗った少年は、顔の作りから髪質から、本当にレイス様に良く似ている。

硝子細工のように冷たい瞳。皮肉げでどことなく仄暗《ほのぐら》い笑み。

――どこかで、見たことがあるような気がする。

全身の血が逆流するように、体が冷たくなる。息がうまくできなくて、私は胸を押さえた。背筋を冷や汗が流れ落ちる。

私はシエル様が、怖い。

どうしてなのかはわからない。シエル様と会うのは初めてだ。前回の私はその存在すら知らなかった。

シエル様は双子だけれど全てがレイス様と瓜二つというわけではない。レイス様は月の光のような印象の方だけれど、シエル様はどちらかというと、眩しい陽光のように感じられる。金の髪の色合いが、レイス様よりも少し濃いからかもしれない。

双子だからといって体の発育まで全て同じになるという訳ではないのだろう。レイス様はもう声変わりをして、私よりも背が高いけれど、シエル様はまだ子供らしさを残す声で、背丈も私と同じぐらいか少し低い程度。

シエル様は、少女と言われても納得してしまうような、線の細い美少年だ。

「……あまり驚いていませんね。僕のことを知っていましたか？」

シエル様が軽く首を傾げて言った。

レイス様よりも長い、肩元で切りそろえられた金色の髪がさらりと揺れる。

身に纏《まと》うゆったりとした白いローブと相まって、本当に少女に見える。

「……いいえ、知りませんでした。……レイス様にご兄弟がいたことさえ」

私は首を振って何とかそれだけを答えた。

シエル様はジェミャの隣に並ぶ。ジェミャの身長が高いせいで、シエル様とユリアに囲まれる彼はまるで幼い弟と妹を連れた長男に見えた。

実際にはそんな微笑ましい状況でもないのだろうけれど。

「そうですか。……それではじめまして、アリシア。僕はレイスの双子の弟、三年前にレイスによって殺されかけた、死にぞこないのシエル・コンフォールです」

まるで冗談でもいうように、シエル様は薄く笑みを浮かべながら言った。

黙っていれば天使のような美少年が言うにはそぐわない言葉だ。

私は恐怖に震えそうな体を抱きしめた。

シエル様が恐ろしい。私はこの笑みを、瞳を知っている。

「アリシアは僕を殺そうとしたレイスの婚約者ですよね？　あんな残酷な兄に騙されて、可哀想に」

「……レイス様は私を騙してなんていませんわ」

シエル様は目を細めて、私に憐憫《れんびん》の視線を向けた。

「教えてあげますね。城で何が起こったのか、レイスが僕に何をしたのか」

喉の奥で、くすくすとシエル様は笑う。

それはレイス様の、抑えがちで楽しげな笑い声とは真逆のものだった。

「僕はレイスの双子の弟として生まれました。生まれる順番が少し遅かったというだけで、僕はいらないものとされて、後宮の一室で隠されて育てられました。本当はその辺の森に捨てられるはずだったのだけれど、母が……、王妃がそれだけは許さなかったそうですね。体が弱く何の役にも立たない母は、僕を残してすぐに死んでしまいましたけど」

シエル様はどうでも良さそうに、王妃様のことを語った。

それは自分のお母様について話しているとはとても思えない口ぶりだった。親子の愛情など抜け落ちているかのように、心底どうでも良さそうな――それどころか、嘲《あざけ》りすら感じる口調。

不快感が胸の底から湧き上がってくるのを感じる。

「現王であるモールス王に呼び出されたのは三年前のことです。それまで王太子として持て囃《はや》されて、光の中にいたレイスと違い、僕はずっと後宮の暗い部屋で、どこにも行くことは許されず閉じ込められていた。どういう心境の変化かはわかりませんが、王は……僕たちの父は、僕たちに殺し合うことを命じました。生き延びたほうを本当の後継者とすると言って」

シエル様の話を聞いて、ジェミャは憤りの表情を浮かべている。

ユリアは怯えたようにして身を縮こまらせている。

「レイスは……、後宮に捨て置かれていたせいで魔力の制御もままならなかった僕に、躊躇なくフォンセの闇魔法による毒を与えました。抵抗できない僕を一方的にいたぶり、……それから僕を辺境の森へ捨てました」

シエル様の語るレイス様の仕打ちは、あまりにも惨《むご》い。

レイス様は、残酷な方なの？

わからないわ。シエル様の話を鵜呑みにはできない。それに私は、レイス様よりもシエル様のほうがずっと怖い。

「奇跡的に生き延びた僕は、ジェミヤに救われてフェルゼン辺境伯の館で匿《かくま》ってもらいました。生死の淵《ふち》を彷徨《さまよ》ったからでしょうか。それから僕には、……光の大精霊ルーチェ様の声が、聞こえるようになったんです」

シエル様は秘密を共有するように小さな声で、そう言った。

ルーチェ様。

ここでも大精霊様が関わってくるのか。

レイス様は闇の大精霊フォンセ様が予知夢を見せているといい、シエル様は光の大精霊ルーチェ様の声が聞こえると言う。

ユリアが青褪《あおざ》めた顔で、助けを求めるようにじっと私を見ている。

彼女は数か月前まではただの庶民だった。それなのに、ユリアが光の選定で選ばれるという予知夢をレイス様が見たというだけで、巻き込まれてしまった。

巻き込まれたという意味では私と一緒だ。貴族や王家の人間に慣れていない分、私よりもずっと不安だろう。

「……ルーチェ様は僕に、神殿の地下に捕まったユリアを助けてほしいと言いました。……神殿は、ルーチェ様を閉じ込める為の場所です。せっかくモールス王がその封印を壊そうとしていたのに、レイスはまた元に戻そうとしています」

「ルーチェ様を、閉じ込める？」

そんな話は聞いたことがない。

大神殿は、大精霊様たちを祀《まつ》り国の平和を祈る場所のはずだ。

「はい。……ルーチェ様は、遥か昔にフォンセや他の大精霊と対立しました。王制を敷き貴族が支配する世界を作ろうとしたフォンセたちと、王制を嫌い自由を求めたルーチェ様。結局フォンセたちの加護を受けた人々が勝利し、王国ができた。……ルーチェ様は、その時代からずっと大神殿に封じられてきました」

ゆっくりとした口調でシエル様が言う。

「それは、私の知る歴史と随分違いますわ」

「それはそうでしょう。王国はそれを、隠していますからね。ルーチェ様は、封印からの解放を求めて自分の力を愛し子に与えてきました。封じられているのだから、与えられる力はほんの一握りだけです。けれど、それに気づいたフォンセは、コンフォール家の者たちに知恵を与えた」

「それが光の選定。聖女を見つけるというのはただの表向きの理由にすぎない。実際は、セリオンたちグラキエース神官家が、選定でルーチェの愛し子を見つけてその力を封じ、ルーチェ様の封印を解かないように監視する……それが光の選定の真実だ。聖女は神殿の庇護下に置かれる、というのが決まりだろう。あれは庇護などではない、監視なんだ」

シエル様の言葉に、ジェミャが続ける。

それは悪しきものに対する怒りに満ちた強い口調だった。

まっすぐな正義漢そのもの、といった印象のジェミャにとって、それが本当に事実であれば許せないものなのだろう。

「……けれど、そんな話は聞いたことがありませんわ。……聖女は国に平和をもたらすもの。ルーチェ様は、貴賤《きせん》なく加護を与えるものです。……それこそ、作り話ではありませんか？」

今日会ったばかりの彼らの話を信用するのは難しい。

シエル様がレイス様から王の座を奪う為に、ジェミャを騙しているという可能性もある。

なんせ頭の中が筋肉でできているのだから、ジェミャはさぞ騙されやすいだろう。

いかにも生真面目で融通がきかなそうな正義漢。そんな雰囲気を醸し出している。

悪い女にころっと騙されて弄《もてあそ》ばれそうだ。そんな顔をしている。

「違います。年末の式典は何の為にあると思いますか？」

私の疑問を、すぐさまシエル様が否定した。

「それは、王国の安寧と平和を願う為、大精霊様たちに感謝を奉《ささ》げる為のものですわ」

「あれはルーチェ様の封印が綻びないように、封印の呪《まじない》をかけなおしているんですよ」

シエル様が悲しげに目を伏せて言った。

長い睫毛が頬に影を作っている。

「封印の呪《まじない》……」

私は呟いた。

毎年行われる大神殿での式典。私たち大精霊様の加護を強く持つ者が集まり、聖句を唱える。それは私たちが恙《つつが》なく幸せであることを大精霊様たちに伝え、日々の感謝を奉《ささ》げ国民の平和を願うものだ。

私はそれに参加できることが、イグニス様の加護を強く受ける者として誇らしかった。

だからそんなわけがないと思う。けれど、シエル様の言葉も強く否定できない。

今の私にはどちらが正しいかなんて判断することができない。

「……私には、シエル様の言葉を信用する理由がありません。ユリアさんが神殿に連れていかれたのだって、何か理由があるのかもしれませんし」

「アリシア。シエル様は、レイス殿下に毒を盛られた状態で森に放り棄てられて、死にかけていたんだ。あんな……、残酷で惨《むご》いことができるなど、俺はレイス殿下のほうこそ信用できない！」

私が首を振って賛同できないことを伝えると、ジェミャは苛立たしげに怒鳴った。

「……残酷な目に遭ったからといって、シエル様が正しいという判断はできませんわ。……今の話だけで、王家やカリスト公爵家を裏切ることはできません。ジェミャ様は、協力を求める相手を間違えたのではありませんか？」

私は処刑されたけれど、だからといって処刑されて可哀想な私が正しかったということではない。私はユリアを燃やそうと思ったし、実際に実行しかけた。運よく失敗しただけだ。失敗しなければ、今私の前にいる少女の顔は無残に焼け爛《ただ》れていただろう。

それは決して正しくはない。

ジェミャは怒りの感情を顔に浮かべる。直情的でわかりやすい人だと思う。少なくとも、レイス様やリュイよりはずっとわかりやすい。

「セリオンは王家の味方だ。リュイは何を考えているのかわからない。……アリシアならと、思ったんだ。……協力ができないというのなら、君にはしばらくは大人しくしてもらわないといけない。シエル様の存在も、知られてしまったことだしな」

「勝手に私を巻き込んだ上に、幽閉するとでもいうの？　そんなことは、許されないわ。それに、シエル様が王位を取り戻したい為に作り話をしているかもしれない。フェルゼン家は騙されて王家を敵にまわすかもしれないのよ？」

私は横暴な筋肉男を睨みつけた。

「アリシア、君は大人しくて気弱な人という評判だったが、あれは嘘だな。……ともかく、ユリアと共に我が家で大人しくしていてくれ。王に相応《ふさわ》しいのは、レイス殿下ではなくシエル様だ。どのみち、フォンセ様の加護を受けられるのは一人だけ。それはレイス殿下でも、シエル様でもどちらでも構わないのだから」

ジェミャは今までとは違う、快活さの失せた冷たい声で言った。

シエル様は「残念です」と小さな声で呟き、私たちに背を向けて部屋から出ていく。

私とユリアは、ジェミャによってフェルゼン家の一室へと閉じ込められた。

質は良さそうだけれど装飾の少ない無骨なベッドの上に、ユリアがちょこんと座っている。

フェルゼン辺境伯の館の一室。あまり広くない部屋には、ベッドとソファセットだけが置かれている。

扉には外側から鍵がかけられている。

一日に二回も閉じ込められてしまったわ。閉じ込められるのもなんだか慣れてきたわね。

私は部屋をうろうろ歩き回りながら、これで良かったのかを考えていた。

軟禁されて身動きが取れなくなるくらいなら、シエル様を信用したふりをしてもう少し様子を見るべきだったのだろうか。

今日の朝は森に逃げようと荷物をまとめて公爵家を出たのに、まさか森のそばのフェルゼン家に閉じ込められるなんて。

窓の外には鬱蒼《うっそう》と茂る木々が見える。

フェルゼン辺境伯家にほど近く広がる広大な森は、国境に繋がっている。

翼蜥蜴《とかげ》の上から見た景色では、綺麗な湖も川もあって正《まさ》しく私が思い描いていた理想の森だった。

私の予定では、今頃こんな森の中で悠々自適《ゆうゆうじてき》に暮らしていたはずだったのに。

なんでこんなことになってしまったのかと深い溜め息を吐いたところで、小さな嗚咽を耳にした。

窓から視線を外して声のしたほうを見ると、ユリアが両手で顔をおおってさめざめと泣いていた。ぽつぽつと落ちる涙が、点々とスカートを濡らしている。

「……大丈夫？」

「ご、ごめんなさい……、私、家に帰りたくなってしまって……」

震える声でユリアが言う。必死に涙を拭って泣くのをやめようとしている姿が健気だ。

「そうよね、帰りたいわよね」

それは、心細いだろう。

わけもわからず数か月も幽閉され、ようやく助けられたというのに、王位継承争いに巻き込まれて再び閉じ込められているのだから。

幼い子供を相手にするような気持ちで、私はユリアの隣に座った。

前世で散々酷い目に遭わせてしまった罪滅ぼし、という思いもあったかもしれない。

この期に及んで私は悪くないと言い張るほど私は愚かじゃない。光の聖女に選ばれてしまったというだけで、ごく普通には生きられなくなってしまったユリアの心細さや不安を、やっと理解できたような気がする。

「どうしてこんなことに……、お父様が、王立タハト学園に通えば、良い結婚相手が見つかるかもしれないと、言いました。……見つからなくても、勉強ができるのは良いことだと、言いました。でも、私には分不相応だったんです。……王子様に会いたいと、思ったこともありました。子供じみた夢です。……そんなこと、願わなければ良かった」

「……ユリアさん」

「ごめんなさい、アリシア様。アリシア様に聞いていただくようなことでは、ありませんでした。ごめんなさい……」

謝ることなんかじゃないのに、ユリアは何度も私に謝った。

罪悪感で胸が締め付けられる。

「家に、帰りたいのね？」

確認する為に、私はもう一度尋ねる。

ユリアは顔をあげると、私をまっすぐに見て頷いた。

虹色の瞳から涙がはらはら落ちるのが、綺麗だと思う。

シエル様にルーチェ様の声が聞こえているとして、ルーチェ様の愛し子であるユリアがその封印を解くことができるというのなら、シエル様はユリアを利用しようとしているようにしか思えない。

レイス様たちもだ。国の安寧の為に少女を連れ去るなど間違っている。

――私が、守らないと。

不意に強く思った。

誰にも肩入れしていないのは、全て放り出して森に逃げようとしていた私だけだ。

今こそ逃げ出す時が来たのかもしれない。

私は窓の外の日が陰ってきている薄暗い森を眺めて、ユリアの小さな手を握りしめた。

これは罪滅ぼしだ。

ユリアを連れて、逃げよう。

聖女になんてならなくていい。私のせいで閉じ込められる必要もない。

家に帰りたいというのが彼女の願いなら、私がそれを叶えなければいけない。

なんだか、そんな気がした。

私にどこまでできるのかはわからないけれど、このままここで成り行きに身を任せているよりは行動したほうがずっと良い。

シエル様とレイス様が対立したとして、私とユリアにできることは何もない。

たとえどちらかについたとしても、私たちのような女は戦いに勝ったほうに利用されるだけ。

もしそれがシエル様だったら、ルーチェ様の愛し子であるユリアは利用され、シエル様が信用できないと口にしてしまった私は用済みだと打ち捨てられるかもしれない。

だからといってここから抜け出してレイス様に助けを求めたところで、レイス様はユリアのような少女を攫《さら》うような方だ。穏やかで優しいのはただの演技で、本当は冷淡で残酷な、私が思っていた通りの死神王子なのかもしれない。

もし本当にレイス様はシエル様を害そうとしたのなら、自分が王になる為に、そういったことを厭わない方なのだろう。王というのはそういうものかもしれないけれど、いま頼るべきとは思えなかった。

ユリアを日常に帰す為には、レイス様の手を借りる訳にはいかない。

私が、私の手でユリアを守る。

それがイグニス様の加護に報いることであり、前回の私の罪を償うことにもなるはずだ。

そうすればきっと、私は堂々と生きることができる。

言い訳をせず人に罪を擦《なす》り付けず、愚かな自分を許し、その愚かさを受け入れることができるはずだ。

「……ユリアさん。……ユリアで、良いかしら。……逃げましょう」

「……アリシア様？」

「……大丈夫。私は無力なアリシア・カリストではないわ。イグニス様の加護を受けた、公爵家の長女よ。あなたひとりぐらいは、守ることができるわ」

「でも、アリシア様。ジェミャ様は私を助けてくれました。それに、シエル様は、この国の王子様なのでしょう……？」

不安気に、ユリアの瞳が揺れる。

きゅっと握った手に力がこもった。震えているのがわかる。庇護欲をかきたてられる仕草だった。

「私には何が正しくて何が間違っているのかわからないけれど、ルーチェ様が、光の選定が、ユリアの日常を奪うものだということは理解できたわ。人々を愛し平和をもたらす大精霊様の加護が、人の自由を奪うのは違うと思うの。私にいい考えがあるのよ」

私はユリアを励ますように、なるべく自信に満ちた声音で言った。

「いい考え、ですか？」

「えぇ。やっぱり、海より森が良いと思っていたのよね。フェルゼン辺境伯の家のそばにある大きな森は、国境に通じているわ。国境を抜けて隣国に行ってしまえば、きっと追っては来ないはずよ。森で暮らしてももちろん良いのだけれど。それはユリア次第ね」

「私が、森で暮らすのですか？」

ユリアは驚いたように目を丸くした。

不思議な虹彩《こうさい》の瞳が、虹色に輝いている。

「そうよ。私と一緒にね。このままでは、シエル様とレイス様に派閥が分かれて戦争が起こるわ。あなたは火種になってしまう。シエル様の言葉を信じてしまう者も多くいるかもしれない。そうしたら、最悪よ。国が二つに割れて、戦乱になる。ユリア、あなたの自由は二度と返ってこないわ」

「……そんな」

闇の大精霊フォンセ様の加護を持つ王家と、炎水風土の四大精霊の加護を持つ四つの家が中心となって統治される、コンフォール王国。けれどそんな加護持ちの貴族を気に入らないと思っている派閥もあると聞いたことがある。

——それは確か、前回のいつだったかにリュイが言ってたのだっけ。

そんな方々にとって、シエル様の言うルーチェ様の封印と光の選定の秘密は、格好の餌でしかない。

まるで鬼の首でもとったように王家の罪を糾弾し、四大貴族の排斥《はいせき》を求めるだろう。

どちらが真実かなんて考えてもわからないけれど、このままでは確実に国は乱れる。

私にはシエル様に味方して革命を起こそうなんて気はないし、レイス様の言葉を全て信用するというような覚悟もない。

中途半端な私だからこそ、ユリアを守ることができる。それだけは確かだ。

「ユリア、あなたはどうしたい？」

「私は、家に帰りたい。……いつものように、お父様とお母様と、普通に暮らしたい。それだけです。爵位なんていりません、学園への憧れはありましたけれど……、今は後悔、しています」

「カリスト公爵家の名にかけて、きっとあなたを日常に戻すわ。だから、私と一緒に逃げましょう」

ユリアは俯いてしばらく黙り込んでいた。

ややあって私の顔を見上げた虹色の瞳は、強い決意に満ちていた。

「わかりました。アリシア様、私、足手纏《あしでまと》いにならないように頑張りますね」

私たちは、力強く頷き合った。

なんだかちょっとだけ嬉しいわね。

私には、前回も今回もだけれど、今まで同性の友人なんてものは一人もいなかった。

同い年の少女と手を取り合って逃亡の約束をするなんて、なんだか物語で描かれる友情のようで素敵だわ。

そんなことで喜んでいる暇は無いけれど、これも心の余裕というやつなので、悪いことではないわよね。

私はベッドから立ち上がると、森の景色が見える窓の前に立った。

ユリアが不安げに、一歩下がった場所から私を見ている。

「……アリシア様、窓は開きますか？」

「駄目ね、はめごろしというのかしら。開かないけれど……、大した問題じゃないわね」

「それは、どういう……」

「まぁ、見ていなさい」

私は窓に向かって片手を伸ばした。

指先に、力が満ちていくのを感じる。

私は指先にできたすさまじい熱量を持つ炎の塊を、窓のある壁に向かって思い切り解き放った。

屋敷を揺らす轟音と共に、壁が崩れる。遮るものがなくなったそこからは、薄暗い空と円形に抉れた庭が見えた。その先には、木々が茂る真っ暗な森が続いている。

「アリシア様、凄いです……！」

ユリアが小さな音を立てて拍手をしてくれるので、私は得意げに胸を反らせた。

人前で炎魔法を使って恐れられることはあったけれど、褒められたのは初めてだ。

本心から褒められるのは、それがどんなことであっても、嬉しいのね。お世辞以外で褒められた経験がないので、知らなかったわ。

「さぁ、行くわよ」

喜んでいる暇はないので、私は気を取り直してそう言うと、ユリアに手を伸ばす。

閉じ込められていた部屋は二階だったようで、地面までは崩れた瓦礫が重なって階段ができていた。

派手に壊してしまったから、もしかしたら誰かが怪我をしたかもしれないとは思ったけれど、今はそんなことを考えている場合ではない。慌ただしく動き回る足音と、ジェミヤのものと思わしき怒声が遠くに聞こえる。

私はユリアの手をとって、瓦礫の山を降りた。

まるで暗く深い穴の中に落ちていくように、そのまま真っ暗な森の小道へ向かい、後ろを振り返らずにひたすらに走った。


森の中では迷わないようにきちんと印をつけなさいと、何かの童話で読んだような気がする。

そうね、印は大事よねと、ベッドに寝転がりながら本を読んでいた私は思ったものだ。

しかし今はそんな余裕などなく、どこをどう走ったかわからないまま、森の奥へ奥へと進んでいた。

ジェミヤの追手がかかっているだろう。翼蜥蜴《とかげ》とやらが空から捜し回っているかもしれないので、炎魔法で明かりを灯すことは諦めた。

幸いまだ夕方の日が木々の隙間から差し込んでいるので、足下が見えずに転倒したり怪我をしたりするようなことはなかった。

ユリアと私、お互いの呼吸が乱れるのを聞きながら、どれぐらい走っただろうか。

大きな木々が重なり合ってできている巨大な洞《ほら》のような場所で足を止めると、私は座り込んだ。

ユリアもふらつきながら私の横へ倒れ込むようにして座った。

しばらく無言で息を整える。

すっかり日が暮れていて、見上げた夜空には美しい星が輝いていた。丸い月が冴え冴えと浮かんでいる。

「……アリシア様、大丈夫、ですか？」

「ユリアは？」

「私は大丈夫です。……待っていてくださいね、今、治癒魔法をかけますから」

ユリアはそう言って、私に両手を翳《かざ》した。

ほんのりと体が温かくなる。それと共に疲れや足の痛みが、すっと軽くなった。

辺りに人の気配は無い。木々のざわめき以外には、何の音も聞こえない。

ジェミャは私たちを見失ったのかもしれない。

私は安堵の息を吐いて体の力を抜くと、背後にある倒木へもたれかかった。

服が汚れることも、土の上に座ることも気にならない。虫はいるかもしれないけれど、たいしたことないじゃない。レイス様の話に怯えていた自分に呆れた。

「ユリアは、光魔法が使えるのね。とても珍しいわ。……だから、聖女に選ばれるのかしら？」

呼吸が整い話せるようになったので、私はユリアに尋ねた。

夜の闇の中で二人きりでいると、不安が腹の底から湧き上がってくるような気がする。

何か話して、気を紛らわせたかった。

「いえ、そんな。私にできるのは簡単な傷の治療だけで……、たとえばアリシア様のようにイグニス様の加護がない人でも、弱い炎魔法なら使えますよね。この国は、精霊の力に満ちていますから……。それと同じでルーチェ様の加護なんて、私にはありません。欲しいとも、思ったことがありません。それなのに……」

「そうよね。……カリスト公爵家に生まれた私にとって、イグニス様の加護は誇りだけれど、ユリアは私と同じではないわよね」

「アリシア様と同じだなんて、そんな、私にはもったいないことです。……私はただの庶民でした。髪飾りを作る職人の娘で、お店でそれを売っていて……、細工が綺麗だと言って、街では割と人気があって、だから少しだけ裕福で……、多くを望み過ぎたんです。それで満足していれば、爵位なんて求めなければ、こんなことにはなりませんでした」

ユリアは悲しげに言った。

それは未来に希望を持つことが、将来に望みを持つことが、いけないことだとでも言っているように聞こえた。

「でも、ユリア。爵位を求めていなかったとしても、光の選定で選ばれていたわ、きっと。どの道、いつかはこういうことになっていたのよ」

「そうでしょうか……。そうかもしれませんね。……もしかしたら、どこかで、期待していたのかもしれません。私は王子様に会いたいと思っていて、夢見がちな憧れもあって、だから光魔法を使える私は、選ばれるかもしれないと、期待していたのかも。だからばちがあたったんです」

ユリアは膝を抱えて俯いた。

ぐさぐさと、私の心に罪悪感が突き刺さる。ユリアは謙虚で、良い子だ。私はそれを理解しようとしなかった。前回の私はそれはもう酷いことをユリアにしてしまった。

罪にもならないような罪を認めて悔恨《かいこん》するユリアは、私は悪くないと言い張り続けていた私とは、大違いだ。

「大丈夫、きっとうまくいくわよ。今は休みましょう、もう走れそうにもないわ。……獣除けに、火を灯すわね」

罪悪感に打ちひしがれながら、私は話題を変えた。

心苦しくて、もうこの話は続けられそうにない。

それに、会話をしている場合ではないことも確かだ。森は獣がいるし危険だと、レイス様が言っていた。

獣は炎を嫌うと何かの本で読んだような気がする。

小さな炎ならば、空から私たちを捜していたとしてもきっと見つからないはずだ。

倒木が屋根のようになっているから、私たちの姿を隠してくれていると思いたい。

私は再び魔法で小さな炎の塊を作ると、私たちを囲むようにいくつか灯した。

「アリシア様の炎は温かいですね。……なんだか、安心します」

ユリアは可愛らしく微笑んで、私のほうに頭をこつんと預けてきた。

私は――この炎で、ユリアを燃やそうとしたのに。

罪悪感で苦しくなった息を、私はそっと逃がした。

きっと大丈夫だと、もう一度心の中で呟く。

私は間違っていないはずだ。そう、思いたい。

第五章　追われる私と消えた記憶

まるで姉にでも甘えるように私にもたれかかり目を閉じていたユリアが、不意に私の手を掴んだ。

森の中で一晩過ごすことが不安なのか、それとも追われていることが不安なのか、その両方かもしれない。

誰かに頼られるというのは悪い気がしなかった。ユリアを守ると決めた途端に、まるで前回のアリシアが戻ってきたように気持ちが強くなるのを私は感じた。

前回の私は苛烈《かれつ》で、他者の助言も受け入れない困った性格の人間だったけれど、レイス様を手に入れる為なら何でもすると決めていたことだけは評価できると思う。今の私もユリアを守る為だと思うと、怖いものは何もないような気がした。

ユリアの小さな手が、体が、小刻みに震えている。

よほど怖いのだろう、大丈夫だと声をかけようとすると、ユリアの瞳が私に向けられた。

その瞳は、悲しみと戸惑いと困惑に満ちている。

「アリシアさま、……アリシアさま……っ」

助けを求めるように、ユリアが何度も私の名前を呼ぶ。

「どうしたの、ユリア？」

怖いのかしら。

当然よね。シエル様やジェミャを裏切って、こんな暗い森に逃げたんですもの。

恐ろしいことだと、思うわよね。

「いや、嫌です……、私、嫌……、ごめんなさい、こんなのは嫌、嫌です……嫌……っ」

ただ怖がっているだけにしては、様子がおかしいような気もした。

私は空いているほうの手でユリアの背中を摩《さす》る。

「ユリア、落ち着いてユリア、ここには私しかいないわ。逃げられるわよ、きっと」

「違う、違うんです……、私、私はユリア・ミシェル……、光なんて、いらない、いらないの……！」

ユリアの震えが激しくなる。

私はユリアを支えようとしたけれど、なんだか嫌な予感がして彼女からわずかに体を離した。

俯いて体を震わせるユリアから、小さな笑い声が聞こえる。

くすくすと、鈴を転がすような愛らしい声で彼女は笑っていた。

「ユリア……」

どうしてしまったのだろう。

顔を上げて私を見たユリアの瞳は、全ての感情が抜け落ちてしまったかのように、無機質な虹色の宝石のように感じられた。

「もうそろそろ、良さそう？」

「一体何の話……？」

「……イグニス、出てきなさい」

ユリアは徐《おもむろ》に立ち上がると、軽く裾を払った。

先ほどまでの怯えていた彼女とは全く違う。私の作り出した炎に照らされて堂々と立っている様は、まるで夜を統《す》べる女王のようだ。

私は呆然と、彼女を見ていた。

背中が妙に熱を持っているのを感じる。奇妙なほどに体が、熱い。

ユリアから距離を取らなければ。

私は倒木が重なってできた洞《ほら》の中から這いずるように抜け出した。

じりじりと、ユリアのいる場所から離れようとしたところで、私の背後から紫色と赤色を混ぜたような炎が立ちのぼる。

それは燃え盛る炎のように逆立つ赤い髪をした、精悍な少年だった。

彼の体は炎そのもののように赤く、足先や指先は炎を纏《まと》っている。

人のかたちをしているけれど、私よりも小柄——というよりも全体的に小さくて子供のようだ。

その姿は、大神殿の神像とよく似ていた。

「イグニス、さま……？」

けれどその全身は鎖で戒められ、その鎖の先端にある鉄のような杭が、胸や脚を残酷に貫いている。

その有り様を見た途端、押し寄せる記憶に私は意識を飛ばしそうになった。

激しい頭痛と吐き気に、両手で頭を抱える。

『……ここから出しなさい、私に触れるんじゃないわ、不敬よ』

――あれは、前回の私が牢に閉じ込められた時のことだ。

魔力封じの首輪をつけようとするリュイを睨みつけて私は言った。

リュイは悲しげな表情で私を見ている。そこには、怒りも軽蔑もない。

リュイの肩に、背後から女の手が置かれた。顔も胴体も足もない。ただ、女の白く小さい手だけが、リュイの肩に纏《まと》わりつくようにして宙に浮いている。

『アリシア様……、あなたが最後の希望だったのに』

リュイが呟いた。

女の手が、私を指し示す。

『どうせ、処刑されるのだから、抵抗する気も起きないぐらい汚して、壊してしまいなさい。せっかく女のカタチをしているのだから、楽しむ許可を与えてあげるわ』

透明感のある女の声が、聞くに耐えない言葉を言い放った。

『ふざけるな……っ、知性のない獣のような真似を、俺にしろというのか……！』

リュイは、一瞬激昂したものの、すぐにその瞳から意志の輝きは消え失せた。

『リュイ、今のは何？　今、手が、女の手が』

『……全ては、ルーチェ様の望むままに』

『ルーチェ様？』

私の首に魔力封じの首輪が嵌められる。

女の手に気を取られて、抵抗を忘れていた。強引に牢の床に押し倒された私は、まさかと思いながらリュイを見上げる。

根暗で嫌味な男だけれど、リュイはこんなことをするような人ではない。

『汚らわしい手で触るんじゃ……！　嫌っ、放しなさい……っ、レイス様、たすけて……っ！』

恐怖と嫌悪感に叫び声を上げた時、私の体から火柱があがった。

火柱の先、天井を見上げる私の目の前に、炎を纏《まと》った気の強そうな少年が浮かんでいた。

火柱に怯んだリュイが私から体を離した隙に、私は何とか上半身を起こしてベッドのそばまで後退る。恐怖から腰が抜けて、立ち上がることができなかった。

『やめろ、ルーチェ！　アリシアを傷つけるな！』

怒りを露わにして少年は叫んだ。

『あら。古《いにしえ》の盟約に背くというの、イグニス？』

白い手が、少年を――イグニス様を小馬鹿にするようにひらりと揺れた。

『人の歴史に干渉しない。我らはそう決めた。思いのまま人を操るお前のようにはならないと、約束した。……だが、あまりにも惨《むご》たらしい。アリシアを苦しめる必要はないだろう！』

『そう、じゃあイグニスが代わりに苦しみなさい』

白い手は、何の感情もこもらない声音で言う。

リュイが風の刃を放ち、イグニス様の体を切り裂くのを私は見ていた。

まるで自分の体が切り裂かれるように痛んだ。炎の残滓《ざんし》が血のようにぽとりぽとりと落ちていく。

『イグニス様を傷つけないで……！　やめて、やめて……、お願い、お願いよ……！』

全て私のせいだ。

私が間違えたから。

私はリュイを止めようとしたけれど、魔力封じの首輪のせいで魔法が使えず、嬲《なぶ》られるイグニス様をただ見ていることしかできなかった。

白い手が優雅に動いた。先端に鋭い楔《くさび》のある鉄の鎖が、何もない空間から現れる。

楔《くさび》は無情にも、イグニス様の体に幾本も突き刺さった。

『これで、残りはフォンセだけ。もう少しで私の世界を、取り戻せる』

白い手はそう言った。

イグニス様の感じる苦痛が私の体を支配する。

鎖はイグニス様の全身に絡み付き、ぎりぎりとその体をきつく締め上げた。

『イグニス様……っ、イグニス様……！』

『アリシア……、すまない。盟約など反故《ほご》にして、もっと……早く、救うべきだった』

『私が、私が……、間違えたから……っ、どうして、私は……っ』

自らの半身を引き裂かれたような痛みに私は泣き崩れた。

イグニス様の首に鎖が食い込む。

『イシュケは消え、アネモスと、ファスは私に下った。イグニスは、捕らえた。あぁ、もう少し、もう少しよ』

白い手は淫靡《いんび》な動きでリュイの頬をゆっくりと撫でた。

もがき苦しむイグニス様の姿が、徐々に消え失せていく。

生きながら四肢をもがれるような、神経を穢《けが》されるような苦しみに、私は意識を手放した。

——どうして忘れていたのだろう。

あまりにも苦しくて、辛くて、頭が勝手に忘却を選択してしまったのかもしれない。

私は気づくと断頭台の上にいた。

泣きながら私を見るユリアと、冷たい目をしたレイス様が私の瞳に映っている。

レイス様の姿がぼやける。ぼやけ、歪み、二重に見える。

——レイス様じゃ、ない。

あれは、誰なの。悲しみをたたえた表情で私を見るレイス様は——どうして私は、あれがレイス様だと思っていたの？

そう思ったのは一瞬だった。

次の瞬間私は命を失っていて、もう考えることも悩むこともできなくなっていた。

そうして私はもう一度、私として生きていることに気づいた。

牢屋で見たあの光景も、最後に見た景色も、疑問も、全て忘れて。嫉妬のあまりユリアに危害を加えたアリシア・カリストの記憶だけを持って、もう一度生きていた。

「レイス様……、イグニス様……っ」

息が詰まる。胸が苦しい。私は自分の首を、自分で押さえつける。

涙が零れそうになる。断頭台の上で私の見たレイス様はレイス様ではなかった。あれは、誰なの。レイス様は、私のレイス様はどこに行ってしまったの？

前回の私の感情が私の体へ流れ込んでくる。混乱し倒れそうになる自分を叱咤《しった》する。強く唇を噛んだ。

混乱している時間はないわ、アリシア。

思い出したのだから、――しっかりなさい。何もできずに泣き崩れるような弱い女では、私はなかったはずよ。

私はイグニス様を知っている。そして、ユリアの中にいる――光の大精霊、ルーチェも。

「……っ、イグニス様……っ、なんて酷いことを……！」

私はユリアを、ユリアだったものを睨んだ。

あれは確かに先ほどまでユリアだった。必死に私に助けを求め、恐れ怯えて、ルーチェを拒否していたユリアだ。

ただ普通に生きたいと、家に帰りたいと望んでいたユリア。

それなのに、その体は今残酷な何かによって支配されている。

私の心の中にイグニス様の猛《たけ》く苛烈《かれつ》な炎のような怒りが灯る。激しい憤りに、眩暈《めまい》さえ感じる。

「酷い？　酷いのは、あなたたちじゃない。私をずっと神殿に閉じ込めて、私の愛し子たちも閉じ込めて、あなたたちは自由に暮らしていたじゃない。私が自由を求めてはいけないの？　私もイグニスや、フォンセと同じ、タハトなのに」

ユリアが――ルーチェが、可憐な声でこちらの不実を咎めるように言った。

「タハト？」

それは学園の名前だ。

ルーチェが口にした言葉をもう一度呟くと、彼女は小首を傾げた。

「ユリアが今回のあなたのことは好きみたいだから、私もあなたに少しだけ優しくしてあげる。タハトは、最初の人のこと。不死の民、人をつくった神、私たちのこと。大精霊と今は呼ぶのよね。それで良いわ」

「ルーチェ様。……イグニス様を解放してください」

会話が、できるかもしれない。

私は苛立ちをできるだけ隠しながら、ルーチェに話しかける。

会話ができるのなら、ユリアの体を返してもらえるかもしれない。

ルーチェの目的はまだわからない。それならば、無暗《むやみ》に敵意を向けるのはあまり得策ではない。

「それはだめ。フォンセと、アネモスと、ファスとイグニスと、イシュケは、よってたかって私をいじめたの。何も悪いことなんてしていないのに。仲間だと思っていたのに。私は奴らと共謀した人間たちによって、封じられてしまったの。ずっと、長い間、ずっと、一人きりだったわ。頑張って封印をかいくぐって人の子に力を与えて、助けてもらおうとしたけれど、その子たちも冷淡なイシュケの子供たちに捕まって、残酷なフォンセの子供たちによって亡き者にされてしまったわ」

「……それは、シエル様が言っていた、神殿の仕組みですね。ルーチェ様を封じていたというのは、本当だったのですね」

なるだけ同情的に、私は言った。

ルーチェの言葉は自身を哀れんでいるように聞こえる。

既視感を感じる。自分が可哀想だと言い張っていた私に、ルーチェの口ぶりは似ている気がした。

「そう。そうなの。可哀想だと、思うでしょう？　私は望みを叶えるもの。ただそれだけなのに、おかしいでしょう」

「望みを叶える？」

私が尋ねると、ルーチェはとても嬉しそうに微笑んだ。

それは邪気のない、子供のような微笑みだった。

「そう。なんでも、望みを叶えてあげるのよ！　望みが叶ったら、人は嬉しいでしょう？　私の愛しい子供は、私を愛し感謝をするでしょう？」

両手を胸の前で組み合わせて、ルーチェは踊るようにくるりと回った。

「時間が戻る一つ前は、ユリアが王子様と会いたいと望んだから会わせてあげたわ！　王子様のそばにいたいと望んだから、邪魔なあなたを少しだけ、壊してあげたわ。封印をされるのはもう嫌だったから、ファスとアネモスを手に入れた。イシュケが言うことを聞かなかったから、イシュケの子供たちは殺してしまったけれど……、もう一度、繰り返しているせいで、あれは無意味だったわね」

ルーチェは悩ましげに溜め息を吐いた。

イシュケの子供たちというのは、グラキエース神官家の方々だろう。

前回の私の記憶では、セリオン様は光の選定の後から学園に姿を見せなくなっていた。

──光の選定の時に、ルーチェによって始末されていたというのだろうか。でもそんなことが、あって、明るみに出ないとは思えない。

大神殿に問題が起これば、すぐに王家にそれは伝わるはずだ。

「それに、あなた。あなたのせいでフォンセの子供も言うことを聞かなくて……、だから、苦しめてあげようと思ったのに」

「……レイス様？」

「そんな名前だったかしらね？　なんでも良いわ。……時間が巻き戻って、フォンセはまた私の邪魔をした」

「時間が、巻き戻った……」

「ええ、そうよ。戻ってしまったわ。せっかく、あと少しだったのに」

私にはルーチェの言う前回の記憶がある。

記憶のある私はもう一度自分自身に転生をしたと思っていて、レイス様とセリオン様はその記憶を予知夢と呼んだ。

レイス様が私と同じものを見ているから、私の記憶も予知夢なのかと思いそうになっていたのだけれど、ルーチェは時間が戻ったと言う。

それならやはり、私のこの記憶は紛れもなく、前回の私自身が体験した現実のもの。

ルーチェは不本意そうに、肩を竦《すく》めた。

彼女の口ぶりから、それは彼女が望んだことではなさそうだった。

だったら誰が時間を戻したのだろう。私の死を悲しんでくださったイグニス様？

けれどイグニス様は、私の処刑の前にルーチェによって封じられてしまっている。

一体誰が、どうして——もう一度やり直させてくれているのだろう。

「フォンセは私の大切なユリアを攫《さら》ったのよ。酷いと思うでしょう？　だから私は、私の……、ユリアのもとへあなたを呼んだ。あなたが傷つけば、フォンセの子供は苦しむのだもの！」

良いことを思いついた、とでも言うようにルーチェは胸の前で両手を合わせた。

そういえばリュイは、誰かが私を城から逃がそうとしていると言っていた。その為に、魔力の干渉を受けて操られたと彼にしては珍しくかなり深刻に怒っていた。

リュイを支配しようとしていたのは、ルーチェだったのだろう。

それにしても、ルーチェの口調はどこか夢見がちでわかりづらい。

途切れ途切れでも、きちんと自分の気持ちや考えを言っていたユリアとは大違いだ。

私は気が短いので、要領を得ない話し方をする人があまり好きじゃない。でも怒っては駄目よ。根気よく話を聞いて、ルーチェの目的を聞きださないと。

ルーチェは私と同じように、前回の記憶を持っているらしい。

そして今回の、ユリアを攫《さら》い大神殿に閉じ込めたレイス様に怒っているということはなんとか理解できた。

「……どう、驚いたかしら。あなたが守ろうとしていたユリアが、あなたを殺すなんて、なかなか愉快だと思わない？　それに、とっても面白かったわよ。前回あれだけ嫌っていたユリアに、馬鹿みたいに優しくするんですもの。滑稽だったわ」

新しい遊びを思いついた子供のように笑いながら、ルーチェが言う。

何を言っているのかしら、こいつ。

怒らないで私、と自分に言い聞かせたばかりなのに、もう自分を抑えられそうにない。

話し合いは無理だわ。意味があるとはとても思えない。

ユリアの体で、ユリアの声で、ルーチェが酷い言葉を言うのをこれ以上とても聞いていられそうにない。

ともかく、――今は早くイグニス様を助けなければ。

何がどうなっているのかはルーチェの話だけではよくわからないし、誰が正しいのかもわからないけれど、イグニス様は私の大切な方だ。

カリスト公爵家を守護してくださっている大精霊様をこんな目に遭わせて、許せない。

「……ルーチェだかタハトだか知らないけど、ユリアの体から出ていきなさい、悪辣女《あくらつ》！」

根気よくルーチェの話を聞いてあげていた今までの大人しいアリシアの仮面を、勢いよく投げ捨てる。そして私は腰に手を当てると胸を反らせて怒鳴った。

「あくらつ？」

「悪辣《あくらつ》、身勝手、外道精霊」

私は思いつく限りの罵倒をした。

罵詈雑言は得意だ、任せてほしい。気の強さなら実は誰にも負けていない。伊達にユリアを虐《いじ》め抜いて燃やすところまでさくっと決めたわけじゃない。

今のユリアやリュイの様子からして、光の大精霊ルーチェは人を操ることができるのだろう。ルーチェは私を壊したと言った。つまり前回の私があんな馬鹿なことをしたのは、多少なりともルーチェの影響を受けたせいもあるのかもしれない。

それでも私は、私の意思で行動していた。

そういうどうしようもない悪意を持った、それを悪意とも認識していなかった人間だったのよ、私。

先ほどのユリアは、ただ普通であることを願っている少女だった。前回のユリアだってそう変わらなかっただろう。それをレイス様に近づいたからと言って、今となってはあれがレイス様だったかどうかもよくわからないのだけれど、ともかく私は嫉妬して散々虐《いじ》め抜いたのだ。

そしてもう一度やり直しても、今回の人生でも、私は悪くないと思い続けていた。

「……アリシアの、言う通りだ。お前は国を乱す。人は、お前の道具ではない」

絞り出すような声で、イグニス様が言った。

イグニス様は少年のような姿だけれど、その声は低く雄々しい。

ルーチェは口元に手を当てると、小さな声を立てて笑った。

「馬鹿ね、イグニス。タハトは神よ。人は神の盤上で踊るもの。私は盤上の小さな駒である、人を、皆を、愛しているの。だから望みはなんだって叶えてあげたいわ。そうしたら人は喜び、私に感謝するもの。それの何がいけないの？」

ルーチェは本当に、何が悪いのかがわからないようだった。

母親を喜ばせたいからと、せっかく育てた花壇の花を全て手折《たお》り、摘んでくる子供と変わらない。

確かに望みが叶えば、嬉しいわよね。

でも、何事にも限度というものがあるわ。

前回の私はずっとレイス様が好きだったけれど、だからといって私を好きになってもらう為に、レイス様の心を操りたいとは思わない。そんなの、虚しいだけだもの。

「ユリアは、王子様に会いたいと憧れていただけだと言ったわ。小さな望みや希望は誰だって持つものでしょう。私が森に逃げ込みたいと思っていたのと一緒。それを勝手に無理やり叶えるなんて、迷惑も良いところよ」

私は胸を張って堂々と言った。

私が正しいことを言うなんて、とても貴重なのよ。初めてかもしれないのだから、よく聞きなさい。

「迷惑？　何を言っているのかしら。この世界は、私の世界なのよ。タハトは神よ。私は希望の光を与える大精霊ルーチェ。私の加護を受けた者が一番幸せになるのは当たり前だわ。……アネモスとファスを従えて、イグニスは捕まえたわ。あとは、イシュケとフォンセだけ。私を封じるものは誰もいない世界で、私は私の子供たちを幸せにするの。皆きっと喜んで、私に感謝し私を愛するわ」

愛されたいのなら――もっと他に良い方法があるはずだ。

なんて身勝手で、一方的で、我儘なの。そんなものは、愛情ではなくてただの押しつけじゃない。

私は自分を奮い立たせるように、大きく息を吸い込んだ。

「それが余計なお世話だって言っているのよ！　自分のことは自分で決めるわ。願ったそばから勝手に叶えられたら、何も考えることができなくなるわよ。気に入らない人間がいなくなれば良いのにとか、そんなことをつい、考えたりするじゃない。実行したいわけじゃないわ、考えるだけよ。でも、あなたはそれを頼んでもいないのに叶えてしまうんでしょう？」

「そうね。それが望みなら、消え失せるように仕向けるわ。私の愛し子を傷つけた罪で、うんと苦しみながら消えてもらうわ」

――だから私は、処刑されたのかしら。

ユリアを傷つけたから？

前回の私の行動はそうされても仕方がないくらいに酷かった。だから、贖罪《しょくざい》をしたい。これも身勝手な思いだろうけれど、ルーチェの支配からユリアを助け、イグニス様を救う。

私の今やるべきことはそれだけだ。

私は両手に精霊の力を集める。体中を、力が巡るのがわかる。イグニス様の拘束された体が、赤く猛々しく燃え上がった。

ユリアの体を焼くわけにはいかない。

イグニス様の炎は浄化の炎。なんとか中身だけ、ユリアの中に入りこんだルーチェだけを浄化できないだろうか。

「……戦うのは、得意じゃないの。私はそういう存在ではないから。楽しかったけれど、遊ぶのはもう終わりにしましょう。来て、ファス。その子を消してしまいなさい」

「わかりました、ルーチェ様」

ばさりと、強風と共に翼のはためく音がした。

空から落ちてきたのは、ジェミヤだった。翼蜥蜴《とかげ》が夜空に飛んでいく黒い影が見える。

ジェミヤの背後には、イグニス様と同じぐらいの大きさの、植物と混じったような造形をした人が浮かんでいる。深く目を閉じて意識を失っているように見えた。

その体は十字の墓標のようなものに磔《はりつけ》にされている。

あれはおそらく土の大精霊ファス様だろう。ルーチェは協力者のように言っているけれど、イグニス様と同じで無理やり拘束されているようにしか見えない。

「あぁ、そういえば前回、やり損ねていた遊びがあったわ。アネモスは拒否したし、イグニスも邪魔をしてきたから、途中でやめてしまったのだけれど。ねぇ、ファス。せっかくオトコの作りをしているのだから、その子を消してしまう前に汚して壊しても良いのよ」

にこやかにルーチェが言う。

「……えぇ。それがルーチェ様のお望みなら」

ジェミャは何の抵抗もなく、その言葉に頷いた。

「はぁあ？　ふざけんじゃないわよ、この筋肉男！　リュイはちゃんと抵抗してたわよ！　怒ってたわよ！　何さらっと実行を承諾してるのよ、見損なったわよ！」

私は怒った。

それはもう怒った。

怒り心頭である。

せめて一瞬抵抗するような素振りがあれば、リュイのようにルーチェに刃向かう姿を見せてくれたら、ジェミャのことも見直したかもしれないのに。

今まで心の中だけに留めておいた罵詈雑言を、思う存分言い放った。

けれどジェミャは、操られているのだから仕方ないのだろうけれど、顔色を変えずじりじりと私に近付いてくる。

土魔法だろう。地面からぼこりと、太い木の根が何本も生えて私に絡み付こうとするのを、炎魔法で焼き払いながら私は逃げた。

しかし戦い慣れているジェミャと、家にこもっていた私では体力の差がある。

次第に息切れして足がもつれてくる。

もつれた足に木の根が絡みつき、それは私の体に纏《まと》わりついた。

「……アリシアたちが館から逃げた後、すぐさま後を追おうとした俺の前にファス様が現れた。ルーチェに囚われたままだったファス様が、愚かな俺に憤り、残った力を振り絞って全てを教えてくれた。思い出したよ。俺は、……セリオンを殺してしまった」

動けない私の腕をジェミャが掴む。

一歳年上というだけなのに、ジェミャは大きくて、私の手を掴んでも長い指が余るほどだ。

私に顔を近づけたジェミャは、その表情を絶望に曇らせる。

耳元で囁かれた言葉で、私は彼が正気だと気付いた。

「何言ってるの。セリオン様は生きてるわよ、元気そうにしてたわ」

「いいや、確かに俺はセリオンを殺したんだ……！」

ジェミャは首を振りながら怒鳴った。耳元で怒鳴られて、私は眉を顰《ひそ》める。

「君にも記憶があるんじゃないのか、アリシア。前回の、記憶が。……思い出したんだ。俺は王立タハト学園に通っていて、ユリア・ミシェルが好きだった。……だからあの時、光の選定の時、怯える彼女に付き添っていた。……光の選定の場には、セリオンとグラキエース神官長、それからレイス様がいた。鏡はルーチェ様の姿を映し、セリオンがユリアに魔力封じの呪具をはめようとした。俺は、ただユリアを守ろうとしたつもりだった。……けれど気づいた時には床に、セリオンと神官長の亡骸があった。……俺が、殺した」

「ジェミャ、落ち着いて。それは前回のあなたでしょう。終わったこと、悪い夢のようなものだわ」

私はジェミャに優しく話しかける。

まだ正気を保っているのなら、ルーチェの支配から逃れて一緒に戦ってほしい。

ジェミャは土の大精霊ファス様の加護を持っている。敵ではないと思いたい。

「アリシア、聞いてくれ。君にも関係のあることだ。……それからユリアはレイス様に自分への隷属を望んだ。ユリアはレイス様のことをずっと想っていたんだ。けれどレイス様はそれを拒否した。

アリシア、君を……愛しているからと。ユリアが呼ぶと、神殿の奥からレイス様に良く似た方が出てきた。……あれは、シエル様だった。俺はユリアに言われるままレイス様を拘束し、シエル様がレイス様にフォンセの毒を与えた」

「そんな……っ」

ジェミャの告げた真実に、私は息を呑む。

レイス様。

私のレイス様は――死んでしまっていたの？

胸が痛む。息が苦しい。

「……私、私は……、どうして……っ」

涙で視界が滲んだ。

私はレイス様とシエル様が入れ替わっていたことに気づきもせずに、――ユリアに嫉妬して、自滅した。

あれほど好きだったのに。レイス様しかいらないと、本気で思っていたのに。それなのに私はレイス様を救うことも、ましてやその死に気づくこともできなかった。

なんて、愚かなの。

「アリシア……、ルーチェは人の認識を歪ませる。皆があれはレイス様だと思い込んでいたし、俺は……ユリアの、ルーチェの犬に成り下がっていた」

「それでも私は気づくべきだった。……あんなに、愛していたのに」

愛して、いた。

そう。愛していたわ。

レイス様は王子様で、私の婚約者で、見目麗しくて完璧な方で――それでも、時折苦しそうな顔をしていたもの。

私の嫉妬を窘《たしな》めるときも、幼稚な愛の言葉を聞くときも、レイス様は仕方なさそうに笑っていた。

それが顔に張り付いたような、作られた笑顔ではないと、私は心のどこかでわかっていた。

私の行動は行き過ぎてしまったけれど、それでも最初は、ただレイス様が喜んでくれているのが嬉しかった。アリシアにはレイス様だけがいれば良いと言うと、レイス様は安心したように笑うから、だから。

「レイス様……」

私は小さく、愛しい人の名前を呼んだ。

考えなければいけないことは沢山あるはずなのに、頭がうまく働かない。

「……俺は、……前回も、そして今回も、レイス様を裏切ってしまった……！」

ジェミャは私の首筋に顔を埋めて、駄々をこねるように首を振った。

助けを乞うように抱きしめられる。押しつけられた体は逞《たくま》しいのに、中身は幼い少年のようだった。

「アリシア。俺は罪を、償いきれない罪を犯した。……覚えていないだろう。……処刑台で君の首を落としたのも、俺だ」

「……そう、なの」

私は処刑人の顔を見ていない。

処刑人は黒い山羊《やぎ》の仮面を被っていたし、あの時の私はイグニス様のことがあり、虚ろだったのでよく思い出せない。

覚えているのは、ユリアとレイス様。

違う。あれはレイス様じゃなかった。よく似ているけれど、全く違う。別人だ。

あれは、――シエル様だったの？

選定後の私はユリアを虐《いじ》めることに夢中で、レイス様とまともに会話をした記憶がない。

やんわりと窘《たしな》められたことは覚えているけれど、よく考えたら私のあんな酷い行いを軽く窘《たしな》めるだけで済ませるほど、レイス様は王太子として愚かな方ではない。

「俺は……、今の俺は、シエル様を助け、ユリアを連れ出して、アリシアを攫《さら》った。自分が正しいと、信じて疑わなかった。……俺は操られているのか？　これは、自分の意思じゃないのか？」

呆然としていた私は、ジェミャの声に自分を取り戻した。

今の私は前回の私じゃない。私はもう一度アリシア・カリストをやり直している。繰り返している理由はわからない。

わからないけれど――気付かないうちに失ってしまったレイス様ともう一度会うことができた。

レイス様は生きている。

今はまだ、生きているじゃない。

もしこの繰り返しが大精霊様から賜った慈悲だと言うのなら、私はもう間違えたくない。

レイス様を失いたくない。

「……ジェミャ。しっかりしなさい。ジェミャはルーチェに操られているのよ。罪の意識を感じるのは自由だけれど、自分を見失ってはいけないわ」

「……アリシア。俺はこの手で君を殺した。その時の感触を、はっきりと思い出せる……俺は本当に、操られていただけなのか？　操られているから、俺は君を汚すのか？　俺がそうしたいと望んでいるのではないと、誰が言い切れる……！」

ジェミャの歯が、私の首筋を噛んだ。

痛みと嫌悪感に私は身を竦《すく》ませる。

一瞬でも同情した私が馬鹿だった。この筋肉男は、自棄になっている。

操られているかどうかなんてもはやどうでもいい。苦しみや痛みを言い訳にして私に縋《すが》り、私に触れるとは筋肉男の分際で許しがたい所業だ。

「離しなさい、筋肉馬鹿！　頭の中まで筋肉だから簡単に騙されるのよ、間抜けめ！　私に触れていいのはレイス様だけ、お前のような馬鹿が触れていい存在じゃないのよ、私は！」

私は大声で怒鳴った。

これぞまさしくアリシア・カリスト公爵令嬢。

自分で言っていて懐かしくなるほど清々しい罵倒だ。

怒鳴ったところで状況が良くなるわけではないけれど、若干気が晴れた。

ジェミャは私の罵倒を聞いて一瞬体を離した後、眩しそうに目を細めて「やっぱり君は、アリシアだな」と言った。

「……そうだね。まさしく、俺のアリシアだ」

甘く優しく、嬉しそうな声と共に、翼蜥蜴《とかげ》が再び姿を見せる。

その声を私はよく知っている。懐かしくて愛しくて、止まったはずの涙が再び溢れてくるのを感じた。

◆

一度目の世界は、絶望しかなかった。

アリシア・カリストという少女は、俺の婚約者だった。

俺のというよりは、次期国王の婚約者と言ったほうが良いだろう。王の嫡子として公表された子供が俺ひとりだったので、俺の婚約者として紹介されたというだけだ。

アリシアは愛されて育てられたのだろう。貴族らしい尊大な性格をした天真爛漫な少女だと、初めて会った時に思った。

同い年とは思えないぐらい幼く、考えが浅い子供。

そんな風に思っていた。

だからだろうか、アリシアのそばにいると肩の力を抜くことができた。

閉塞的で殺伐とした城の中から別の世界に抜け出したような感覚、というべきだろうか。

顔を合わせれば「レイス様！」と俺の名前を呼んで、心底嬉しそうに近づいてきて、全身全霊で好きだと伝えてくれる——頭の良くない愛玩動物。そんな風に、思っていた。

俺の双子の弟のシエルは後宮で密やかに育てられていた。

存在は知っていたけれど、兄弟として育ったという感覚はない。顔が似ているだけの他人のようなものだった。

哀れだとは、思っていたような気がする。

けれどその憐憫《れんびん》も同情も、王である父の勅令《ちょくれい》により消え失せた。

それは二人で争い、ただ一人残った者を王太子にするというもの。つまりは蹴落としあえということだった。

別に王の座が欲しかった訳じゃない。

弟を不憫に思っていたし、できれば争いたくなんてなかった。

十一歳になったばかりの頃、俺はモールス王に呼び出され、初めてシエルと対面した。自分と造形のよく似た相手、とだけ思った。

俺はシエルにあまり興味がなかったけれど、シエルは仇敵《きゅうてき》に出会ったような憎悪の眼差しを俺に向けていた。

王は言った。「王家の守護者、闇の大精霊フォンセに選ばれた者を後継者とする。力を示せ」と。

俺は既に闇魔法を使うことができたけれど、それはシエルも同様だった。

フォンセの加護は、未だモールス王にあった。

力を示せという言葉の意味を理解したのは、シエルが「兄さんの持っているものを全て奪い取りますよ」と、宣戦布告してきたからだ。

けれど、シエルはすぐに仕掛けてはこなかった。俺に争うつもりがなかったからだろうか。

俺の持っているものは、表立っては王太子と言われている地位ぐらいしかない。

争いを求めている訳ではないし、王太子などという地位を争ってまで守りたいとも思えない。

城の中は息が詰まる。母はシエルを庇い育て、俺たちを産んでたった一年で亡くなった。俺には母の記憶はなく、父はまるで赤の他人のように思えた。実の弟には、憎まれている。

シエルは母に愛され、俺は打ち捨てられた。

俺には何もない。王太子の地位も何もかも、俺にはなんの意味を成さない。まるで体に穴が空いているようだった。

それならいっそシエルに全てを渡してしまっても、良いのかもしれない。

そう考えていた矢先、城に来たアリシアが中庭で美しく咲き誇る庭園の花などには目もくれず、「レイス様、今日もレイス様は素敵ですね」と俺を熱心に眺めてにこにこ笑っているのを見て、ふと気づいた。

――アリシアだけは、ずっと俺を見てくれている。

アリシアは単純だ。俺に向けている愛情が幼い憧れや、俺の地位や立場に対する思慕だということはわかっていた。それでも、俺が好きだと飽きもせず何度も繰り返してくれる。

アリシアといる時だけ、身の内にある洞《ほら》が消えていく。空虚さを忘れることができる。

アリシアは俺が王太子レイス・コンフォールである限り、ひたむきな愛を注いでくれる。

シエルには、渡したくない。

自分の中に、病的な執着が生まれるのを感じた。

アリシアだけが、愛してくれる。

愚かしくも愛らしい感情を、ひたすら向けてくれている。

何も知らないアリシア。

自分の見たいものしか見ない、気位の高い可愛らしいアリシア。

俺がメイドに優しくしたり、他の貴族令嬢に声をかけたりするだけで嫉妬し、酷い言葉を相手に向けるのを見ていると、愛しくて仕方なかった。

その感情が全て俺に向けられていると思うと、とても満たされた。

だから弟を蹴落として、勝ち残った。

シエルの亡骸は、辺境の森へ捨てた。

それで全て終わったと思っていた。


王立タハト学園に入学してから過ごしたわずかな日々が、俺の人生では一番幸せだったかもしれない。

アリシアは相変わらずで、他の女生徒に噛みついたり仮病を使って俺の気を引こうとしたりしてくれて、アリシアを見ていると俺は幸せを感じることができた。

取り繕った仮面の下の虚ろさを、アリシアだけが埋めてくれた。

構ってほしい、愛してほしい、もっと俺を求めてほしい。

アリシアが俺を見なくなったら、もし他の誰かに今と同じような感情を向けたら、俺はアリシアを殺してしまうかもしれない。

それぐらい、執着していた。

だから口では態度を改めるように言っても、本気ではなかった。

アリシアはそのままで良い。

俺だけに媚びて、愛を求めてくれれば良い。

何も知らず、何も見ずに、茨《いばら》でできた箱庭の中で楽しそうに踊る俺のアリシア。

それはまるで、暗闇の中に眩《まばゆ》く輝く恒星のようだった。

俺みたいな残酷な人間に捕まって、執着されて、可哀想に。それでも放すことはできない。

アリシアが俺を想う児戯《じぎ》のような愛情とは比べようがないほど、俺はアリシアを愛していた。

それを愛と呼ぶべきなのかそれとも他の何かなのかはわからないけれど、深く昏《くら》い感情がそこにはあった。

その時の俺は明らかに油断していて、このまま全てうまくいくと思っていた。

光の選定という制度が、実は光の大精霊ルーチェを封じ込める為に行う儀式だと伝えられているのは、大神殿の管理者であるグラキエース神官家と王の腹心と呼ばれるオラージュ宰相家のみだ。

遥か昔は四大貴族の共通認識だったようだが、時が経つにつれてそれは変わっていった。

カリスト公爵家は中央の政治から意図的に離れ、フェルゼン辺境伯家は辺境の守りに心血を注いだ為に王家との距離が離れたことで、年に一度の式典以外では封印の儀式には関わらなくなったようだ。

祈りの儀式さえ形骸化しており、実際の意味を知る者は少ない。

それでも形式上行うだけで大精霊と呼ばれる存在――タハトに祈りは届いているはずだ。

光の選定で選ばれた聖女と呼ばれるルーチェの奴隷が国を乱した、という話は過去の歴史では二、三度起きていたようだが、酷いことになる前になんとか収束できたようだった。

王国の長い歴史の中で、ルーチェの封印以外では人々に関わる気配のない闇の大精霊フォンセによる助言もあったらしい。それは夢見の未来視として現れたと、禁書に指定されている王家の本にも書いてある。

そのおかげでルーチェの封印は解かれず、国が滅びるというような事態にもならなかったようだ。

ルーチェが封印されている鏡、正式名称は『イシュケの水鏡』は大神殿の地下に秘せられている。

王国に暮らす十六歳の少女たちが受ける光の選定で使用する選定の鏡は、グラキエース神官長が魔法で作り出す模造品である。

万が一ということもある。ルーチェが封じられている本物を外に出すような危険を冒すわけにはいかない。

ルーチェの愛し子たる聖女を炙り出すだけなので、模造品の水鏡でも十分な役割を果たしていた。

ここ数十年光の聖女は現れていない。毎年繰り返す選定にグラキエース神官家は真摯に向き合っていたが、オラージュ宰相家は仕事が忙しく、ここ数年で選定の儀式には関わらないようになっていた。

選定の儀式は手間こそかかるが、ルーチェの奴隷を見つけ出し、その魔力を封じるだけなのでさほど難しいことでもない。

そう思っていた。

自らの手で弟を亡き者にした俺にとって、俺の真実を知らずにひたすら愛してくれているアリシアだけが心の拠りどころで、それ以外のことは煩《わずら》わしいとしか感じられなかった。

学園を卒業し、モールス王には隠居の身となってもらい、アリシアと共に『まともな』家庭をつくる。

俺にそれができるのかはわからない。それでもアリシアは、やや苛烈《かれつ》さはあるけれど、愛情深い人だ。きっと、アリシアならば俺との子供を優劣つけずに愛してくれるはず。

彼女との未来を考えると、虚無で支配された心が温かくなった。

だから光の選定のことなど数ある義務としての仕事の一つ、その程度に考えていた。

モールス王によって大神殿の地下にあるイシュケの水鏡が破壊されていることが判明したのは、俺が十六歳の時。年末に行われる選定の儀式の少し前のことだった。

グラキエース神官長やオラージュ宰相は気づいていたようだ。

しかし、言わなかった。

それは神殿の失態を隠したかったからなのかもしれないし、モールス王を恐れていたからかもしれない。

選定の儀式を目前に控えたある日、俺のもとへセリオンが訪れた。

いつも冷静沈着なセリオンにしては珍しく、青褪《あおざ》めた顔で「レイス様、イシュケの水鏡が粉々に砕かれていました。いつからなのかは、わかりません。父に聞いても口を閉ざすだけで」と俺に告げた。

グラキエース神官長に無理やり口を開かせると、モールス王によって数年前には壊されていたという。

モールス王はルーチェが死人を蘇生させられると信じていた。死んだ俺の母であり己の妻である王妃を生き返らせたかったらしい。

けれど鏡を壊してもルーチェは現れなかった。

タハトには古《いにしえ》の決まりがある。それは人には直接関与できない、というものだ。

タハトが人に何かしらの影響を及ぼす為には、人に憑《つ》く必要がある。

それが加護と呼ばれるもの。封印から逃れたルーチェは、きっと王国の誰か、聖女と呼ばれる者に憑《つ》いて自分を封じ込めたフォンセや他の精霊たちに復讐しようとしているだろう。

その様なことをグラキエース神官長は、震える声で言っていた。

俺も昔は父のことを恐れていた。

モールス王の言うことは絶対だと思っていたし、逆らうなど考えたこともなかった。

しかしイシュケの水鏡のことを話しに行った時の父は、愛する妻を失い疲れた老人にしか見えなかった。

俺は母のことは知らないが、モールス王はよほど母を愛していたのだろう。

それは愛というよりも激しい執着にみえた。

血は争えないなと、思った。

父の持つ感情は、俺がアリシアに向けているものとよく似ていた。

俺がアリシア以外の人間をどうでもいいと思っているのと同じで、父にとっても母以外の人間はどうでもいいのだろう。それが実の息子であっても、使い慣れた食器に対するような感情しか持っていないようだった。

父は俺に「光の聖女は、世界を自分の思い通りに変えることができる」と言った。母の蘇生は諦めたようだが、疲れた老人になっても腐った性根が変わったというわけではなく、むしろ野心は肥大しているようだった。

だからどうしたと尋ねた。数日後の儀式で、ルーチェは再び封印される。

世界を思い通りにする者など、邪魔なだけだ。誰かの意思で世界が変わってしまうというのは、一見魅力的なように思えるが、その誰かの全てが正しさでできているという訳ではない。

雨が降れば良いのにと思うだけで長雨が続き作物が枯れるかもしれないし、晴れた日が好きだと思うだけで雨が降らずに土地が涸《か》れるかもしれない。

人とは感情に左右される生き物だ。父がその典型である。母恋しさに、ルーチェの封印を破壊したのだから。

普段は感情を乱すことのないセリオンですら、他の生徒たちに高慢に振舞うアリシアを嫌っている。

そんな不安定なものに左右される力など、国を乱すだけだ。

俺はそう思ったが、父は違うらしかった。「ルーチェの聖女を手籠めにすることができれば、聖女の力はお前の思い通りになる。国の繁栄は約束される。お前が欲しいものを、全て聖女が与えてくれる」と言った。

あまりに醜悪な考えに、嫌悪感しか抱かなかった。

俺にはアリシアがいる。アリシアだけ、いればいい。

国の繁栄なんて別に望んでいない。アリシアと共に幸せになれるなら、他には何もいらないと、強く思った。

俺の邪魔をするのなら、父も——屠《ほふ》る。

その時、そう決意した。


セリオンと相談し、国を混乱させないように神殿の罪を隠蔽することを決めた。

俺とセリオン、グラキエース神官長のみで光の選定を行い、ルーチェを再び封じ込める。

ルーチェは復讐を望んでいるはずだから、選定の儀式に現れるはずだ。

あまり賢いとは思えなかったが、それ以外にルーチェを捜す方法はない。

リュイは現実主義者で、ルーチェの封じ込めや儀式については懐疑的なようだったので、あえて相談はしなかった。

ジェミヤやアリシアはそもそもルーチェがどういう存在なのかを知らない。

最初から説明するような時間は残されていなかったし、ジェミヤは血の気が多くて直情的な正義漢だ。ルーチェの奴隷とはいえ、十六歳の少女の魔力を封じるという行為には賛同してくれそうにないと判断した。

アリシアはカリスト公爵家の長女でイグニスの加護を持つことは明らかだったが、血腥《ちなまぐさ》いことに関わらせたくはなかった。

そうして、選定の日が訪れた。

ユリア・ミシェルについて俺はよく知らなかった。タハト学園の同級生であり、会話をしたことくらいはあったかもしれない。

けれどアリシア以外の女なんて俺にとってはただの女性という記号のついた人間でしかなかったので、顔と名前以外のことは知らない。誰に対してもその程度の関心しかなかったが、顔と名前と肩書だけ知っていれば困るようなことはなかったので、改善しようとも思わなかった。

ユリアに寄り添うようにして、ジェミャがその場に現れた。

選定の場に来る付添人については、特に制限をかけることはしていない。

本当は事情が事情だけに、選定を受ける者だけ来るように絞るべきだったのかもしれないが、やり方を変えると不信感を持たれかねないのでいつもどおり行うことに決めていた。

「ジェミャ、どうして一緒に？」

なんでもないことのようにそう尋ねると、ジェミャは恥ずかしそうに「ユリアが不安だと言うので」と言っていた。その女生徒が好きなのだろう。ジェミャには婚約者がいたはずなので、揉め事が起こりそうだなと感じた。

潔癖なセリオンは、そんなジェミャを不快そうに見ていた。

婚約者がある身で他の女性に関心を向けるなど汚らわしいと、説教でもはじめそうな顔だった。

ユリアは光魔法が使えるが、簡単な治癒ができる程度のもので、さほど光の加護が強いという訳ではない。

多少は気になっていたが、光魔法が使える者はユリアだけではない。

今まで選定を受けた者には、ユリアよりもよほど魔力が強い者もいた。

だから、選定の鏡にルーチェの姿が映った時は、少し驚いた。

それと共に、やっと終わると安心もした。

ルーチェさえ封じてしまえば、だらだらと長い選定の儀式を終わらせることができる。

セリオンと神官長は責任を感じているからだろう、緊張した面持ちで鏡を見つめ、何も知らないジェミヤは純粋に喜んでいた。

「すごいじゃないか、ユリア！　ルーチェ様に選ばれたんだな！」

「ジェミヤ、国にとって聖女の選定は重要だ。もう一度確実に行いたいから、君は部屋から一度出ていってくれないかな」

このままユリアを拘束したらジェミヤが騒ぎそうだと思い、俺はジェミヤに言った。

ユリアは戸惑った表情を浮かべた後、素直に退室しようとしたジェミヤに縋《すが》りついた。

「怖い……、この方々は私を、……暗くて狭くて、一人ぼっちの牢獄の中に、もう一度閉じ込めようとしているわ……！」

ユリアの言葉にジェミヤの顔つきが変わった。どこか夢を見ているような虚ろな眼差しに違和感を覚える。

ユリアの言葉は明らかにルーチェのものだった。セリオンと神官長は急いで『イシュケの水鏡』の魔法を構築しようとした。

王によって破壊されたイシュケの水鏡は、グラキエース神官家のイシュケの加護を持つ者が、イシュケの力を借りて作り上げるものだ。ルーチェの姿を映し出すことしかできない模造品と違い、ルーチェを封印する力を持つその鏡は、構築に必要な魔力量が違う。維持にもかなりの力を使うので、グラキエース神官家の加護持ちは短命と言われている。

神官長の命は、イシュケの水鏡の魔法を構築したら失われるだろう。それが故に予め『イシュケの水鏡』を用意しておくことができなかった。

けれどもう覚悟は決まっているようだった。その為に、セリオンがこの場所にいる。神官長の命が失われたら、イシュケの加護はセリオンにすべて引き継がれるはずだ。

それも古い文献にあった知識なので、どこまでが真実なのかはわからなかったのだが、頼れるものはそれぐらいしかない。

判断が甘かったのだと思う。

イシュケの水鏡の構築には、時間がかかる。ジェミャの魔法が放たれるほうが早かった。それは地面から生えた凶悪な針山のように見えた。

ジェミャの魔法は、セリオンと神官長の体を簡単に貫いた。

王国は平和だ。魔法が使えるとはいえ、皆戦いには慣れていない。辺境の警備や野盗の殲滅《せんめつ》などを行う辺境伯家に生まれたジェミャの刃は、的確に人の体の急所をえぐっていた。

イシュケの力を使えるグラキエース神官家の二人が床に倒れる。

「……ジェミャ！」

俺は焦りを感じながら、ジェミャの名を呼んだ。ルーチェに操られているように見えたが、彼も土のファスの加護を持った者だ。

正気に戻ってくれることをどこかで期待していたような気がする。

「……ふふ、やったわ！　やったわよ……！　うまくいったわ。何回も繰り返して、初めてうまくいったわ！」

幼い少女のような拙《つたな》い喋り方で、ユリアが嬉しそうにくるくると舞った。

セリオンたちが流した血で汚れた床の上で踊るユリアは、壊れた人形のように見えた。

「ファスの子供は私のものになったわ。イシュケの子供は殺してあげた。フォンセの子供、あなたはどう？　私のものになるのなら、命は助けてあげるわ。なんでも思い通りになる、素敵な世界にしてあげるわ。だってユリアはあなたに憧れている。王子様と結婚したいんですって！　なんて可愛い願いなの、なんて欲がないの、是非叶えてあげたいわ！」

「……黙れ、ルーチェ。アリシア以外の女なんて塵と同じだ」

俺はユリアに手をかざし、闇魔法を構築する。

アリシア以外を愛するなんてありえない。言葉を聞くだけでも不愉快だった。

「アリシア。知っているわ。ユリアがいつもあなたとアリシアを羨ましそうにみているもの。あれはイグニスの子供。愚かで傲慢な女。私のユリアのほうがずっと愛らしくて健気で可愛いわ、あなたもそう思うでしょう」

「俺が愛しているのはアリシアだけだ。戯言は良い、消えろ」

俺の言葉に、ユリアは笑顔を消した。

不快そうに眉根を寄せて、「アリシア、アリシアね」と何度も呟いた。

「それじゃあ、あなたはいらないわ。……だって王子様はあなただけじゃないもの」

全ての興味を失ったように、冷酷な瞳が俺を見据えた。

ユリアという少女が望んでいた願いが、王太子という地位を持った俺に対する憧れだったということに虫唾《むしず》が走った。

権力があって多少容姿が整っているというだけで、簡単に結婚を望むことができるものなのかと、呆れた。

確かにアリシアも、最初はその程度の気持ちだっただろう。幼かったし、アリシアは単純な子供だった。

でも、それは違った。

違うのだと、今はわかっている。

アリシアはずっと俺だけを見ていてくれる。他に親しい者を誰一人作らず、それどころか皆から嫌われていても、「私にはレイス様だけいれば良いんです！」とそれが当たり前のように言ってくれる。

ひとりきりでいる俺をアリシアはいつも見つけてくれる。駆け寄ってきて、「会いたかった」と微笑んでくれる。

単純な憧れだけで、何年もそんなことを続けられるはずがない。

アリシアは――俺を、愛してくれている。

それに比べたら、ユリアの持っている憧れなど、晴れた空が綺麗だと感じることと何も変わらない。無駄で無益なものだ。

「私に従わず、ユリアに冷たくするなんて、許せないことだわ。苦しみなさい、フォンセ。最愛の者を失い、絶望なさい。二度と正気には戻らないようにしてあげるわ。いらっしゃい、出番よ、王子様」

俺は抗おうとしたが、その場に現れた人物の顔を見てしまったせいで動くことができなくなってしまった。

神殿の扉を開けて中に入ってきたのは、亡骸を森へ捨てたはずの俺の弟、シエルだった。

罪の意識から、魔法の構築に対する集中が削がれた。

ジェミャに拘束され、シエルの作り出した闇魔法による毒を与えられて、俺の意識は暗闇へと落ちていった。

フォンセによって選ばれたのは、俺ではなくシエルだったのかと、薄れゆく意識の中で思った。

最後に思い浮かんだのは、アリシアの顔だった。

アリシア。俺の、アリシア。

俺に執着されたせいで、俺がそう望んだせいで俺以外の味方が誰一人いなくなってしまって、一人きりで孤独なはずなのにそれでも「レイス様だけいれば良い」と言い切る、哀れで愛しい婚約者。

俺がいなくなってしまえば、アリシアの居場所はなくなる。

幸せになれるはずだった。

アリシアだけが俺の家族になるはずだった。

間違っていたのだろう。

いや、守る為の覚悟が足らなかったのかもしれない。

冷酷になりきれなかったのか、どこかで人間性を残しておきたかったのか。シエルの姿に戸惑ったりせず、すぐに行動できていれば。ジェミャがルーチェに操られていると気づいたときに、冷静な判断を下せていれば、こんなことにはならなかった。

躊躇《ためら》いさえしなければ、ジェミャにも、シエルにも後れを取ることなどなかったはずだ。

セリオンは死なずに済んだし、アリシアのことも守れた。

全て、俺が悪い。

意識が深く暗い場所へと落ちていく。

まるで狭くて寒く、孤独な檻の中にいるようだった。


死には続きはないと思っていた。死んだらそこで終わりだ、その先は何もない。

けれど俺の意識はずっと続いていた。暗く寒々しい終わらない長い孤独。フォンセの闇魔法の作り出した黒い繭のような牢獄の中で俺は長い間小さく丸まり眠っているようだった。

苦しめと、ルーチェは言った。死ねばその先に苦しみはない。殺さずに、苦しめるつもりなのだろうか。手足の感覚はない。意識だけがずっと、失われずに残っている。それは浮上したり沈んだりを繰り返しながら、永劫とも思える無益な時間をひたすらに数えた。

どれぐらい、微睡《まどろ》んでいただろうか。

「……レイス様！」

名前を呼ばれて、はっとして目を開いた。

眼前に、青い空が広がっている。寒くも暑くもない、爽やかな風が吹く春の日の陽気が、頬に触れる。

俺を覗き込んでいるのは、幼いアリシアだった。

艶やかな黒い髪は、赤いリボンで飾られている。白い肌に、小さな顔。零れ落ちそうなほど大きい瞳は黒に近い深い赤だ。その神秘的な瞳が、まっすぐに俺を見ている。

「レイス様、お話をしていたら眠ってしまうから、びっくりしました」

色とりどりの花々に囲まれた、城の迷路のような庭の一角。

俺とアリシアは白い長椅子に座っていて、アリシアは十歳に満たない年齢だろうか、たっぷりと布を使った愛らしいドレスを着ている。

このところは制服か、夜会でも大人びた露出の多いドレスを着ているところばかり見ていたから、新鮮だった。

――これは、一体いつの記憶だろう。

「私と一緒にいると、つまらないでしょうか……」

不安そうに尋ねてくるのがいじらしく、可愛らしい。

俺は自分の手に視線を移す。何も守ることができそうにない小さな手だ。俺の姿もアリシアと同じ年齢まで戻っているようだった。

「……いや、そんなことはないよ」

誰かと一緒にいることに不慣れで、感情を向けられることに戸惑っているだけで、楽しくない訳じゃない。

否定すると、アリシアは良く懐いた子犬のように瞳を輝かせた。

「良かった！　なんのお話をしてもレイス様はあまり笑わないので、不安に思っていたんです」

「……そうだったかな」

笑顔は、得意だと思っていた。

取り繕った笑顔を浮かべていれば、大抵のことはうまくいった。寂しさも、怒りも悲しみも、感じていないふりをすれば、皆同情の視線を俺に向けることはなくなった。

母親に見捨てられた愛されない子供だと、可哀想だと思われるのが一番の苦痛だった。

「ええと、お疲れでしたでしょうか。やっぱり、王子様って忙しいんですね。私にはお仕事のことはよくわからなくて、カリスト公爵家では、お仕事をするのはお父様で、お母様は刺繍をしたり、観劇をしたり、音楽を聴いたり……、あとは本を読んだり、お庭でお花を眺めたりして暮らしていますから、私もお母様とご一緒することはあっても、お父様のお仕事のことはよくわかりませんの。だから、レイス様のお仕事のお邪魔をしてしまっていたら、ごめんなさい」

アリシアは思ったことをすぐに口に出す子供だった。

幼いアリシアには悪気はない。使用人の失態を見たら、言葉を飾ったり遠慮したりせずに叱りつけたし、気に入らないことがあれば気に入らないと、怒ったりもした。

だから、我儘で面倒なお姫様だと城の使用人たちからも思われているようだった。

けれど俺にとってはそんなアリシアの嘘のなさが心地よかった。言葉の裏を探らなくて済むのが、楽だった。

俺に気に入られる為に、無理して政治や仕事について学んでいるというようなことを言いはしないし、俺の置かれている境遇についても何も言わない。城の暮らしや、亡くなった母や、冷酷な父についてしつこく尋ねてくることもない。

アリシアの話は拙《つたな》くて、美味しかったお菓子や、新しいドレス、最近読んで面白かった本の内容がほとんどだ。

アリシアは生きることを楽しんでいるように見えた。

俺の育った環境の中にはそういった子供はいなかった。

リュイやセリオンとは既に知り合いだったけれど、彼らはアリシアよりはずっと大人びていて事務的だ。既に俺を王として扱ってくれていた。

だから一生懸命話してくれることや、ただ婚約者というだけで無暗《むやみ》に懐いてくれることに戸惑いはしたけれど、最近は微笑ましくアリシアの話を聞いていた。内容にはさほど興味はなかったが、彼女の声を聞くのが心地よかった。

「邪魔、ということはないよ。……そんなに、忙しいわけじゃない。それに、アリシアと会う日は、アリシアの為に一日時間をあけているから、何も心配しなくて良い」

「レイス様、ありがとうございます！　私、優しくて素敵なレイス様と結婚できるなんて、幸せです」

俺は、優しくなんかないし、アリシアのいうように素敵な王子様でもない。

王になって国を良くしたいという気持ちもなければ、父であるモールス王のような野心も厳しさもない。

ただ何も考えずに生きて、与えられた課題を義務感からこなしているだけだ。

まっすぐなアリシアとは真逆で、俺は自分を偽って、他者を騙しながら生きている。

だから自分がアリシアにそんな風に喜んでもらえる相手だとは、とても思えなかった。

婚約者が俺でなければ、例えば穏やかで生真面目なセリオンだったら、アリシアは真っ当な幸せを手に入れることができたかもしれない。

それでも、闇の中に光が差し込むように、アリシアの言葉は俺の救いだった。

「眠っているレイス様も素敵だったのでずっと見ていたかったんですけれど、お花でできた壁に囲まれたこの場所で静かにしていると、まるで迷路に閉じ込められたようで心細くなってしまって」

「そうだね。……本当に、迷ってしまっていたらどうしようか」

「心配はしていませんわ、だってレイス様、もっと幼い時に二人でこの場所に迷い込んでしまったことがありますでしょう？」

「……そうだったかな」

得意げにアリシアが言う。

俺は思い出せなくて、首を傾げた。

「忘れてしまいましたの？　でも、レイス様が忘れてしまっても、私は覚えているから良いのです。だって、とても大切な、大切な思い出ですもの」

「そんな大切な思い出なのに、忘れてしまった俺を責めないの？」

「男性の方は物忘れが多いと、お母様に教えてもらいました。お父様もお母様と結婚した記念の日をよく忘れるそうですよ。初めてお出かけした場所も、初めての愛の言葉も、覚えていないそうですわ。だから、レイス様が忘れてしまっても、私は怒ったりはしません」

「そういうものなのかな」

「ええ、ええ、そうなんです。だってお母様がそう言っていましたもの」

俺に何かを教えることができたのが嬉しいらしく、アリシアはどこか誇らしげだった。

アリシアの世界は彼女の父親と母親でできていて、その話を聞いているだけで、きっとカリスト家はごく普通の幸せな家なのだろうなと理解できる。

カリスト公爵は人格者として知られていて、その妻は控えめで穏やかな人だと評判だったので余計にそう思えた。

「レイス様が忘れてしまっても、私は覚えているので大丈夫です。レイス様との時間は全部特別ですけれど、でも、幼い私を助けてくださったこと、忘れたりはしませんわ」

「……俺がアリシアを、助けた？」

「はい！　婚約者として初めて会った少し後のことでしたでしょうか、このお庭が素敵だったので、散策したいとお願いしたんです。私は多分、レイス様と一緒にお庭を歩けたら素敵だと思ったんでしょうね。どんどん奥に入っていって、出口がわからなくなってしまって……、不安になって泣いてしまった私を、レイス様は大丈夫だってずっと励ましてくださいました」

「そう言えば、何となく覚えているような気がする」

アリシアを喜ばせたくて、俺は嘘を吐いた。

実際、その出来事をはっきりとは思い出せなかった。

アリシアに会ったばかりの頃の俺はもっと感情の薄い子供だったように思う。母の記憶もなく、父の姿も滅多には見ることはない。乳母や傍付きのメイドたちも、親しみを持つ前に数か月で入れ替わってしまっていた。

だからもしアリシアの言うような出来事があったとしても、その時かけた言葉は心からのものではなかっただろう。

婚約者として相応《ふさわ》しい立ち振る舞いを選んで行っていたにすぎない。

覚えていないのはそこに感情が伴っていなかったからだ。

「私、泣き疲れて眠ってしまって……、それから、ゆらゆら揺れているのに気づいて、目を覚ましたんです。今よりも幼いレイス様が、私を一生懸命抱きかかえて運んでくれていましたわ。私、嬉しくて幸せで、なんて頼りになる方なのだろうと思いましたもの。もちろん初めて見た時からお慕いしておりましたけれど、私、レイス様が大好きになりましたわ」

それは、なんの飾り気もない、単純な愛の言葉だった。

心臓が震えるのがわかる。

もっと、聞きたいと思う。

アリシアの頬に、軽く手を添えた。

大きく瞳が見開かれ、みるみるうちに顔が赤く染まっていくのをじっと眺める。

「……俺が、好き？」

「はい、大好きです……」

恥ずかしそうにしながらも、アリシアははっきりと答えてくれた。

春の風が、色とりどりの花弁を風に舞わせる。

永遠になれば良い。この時間がずっと続けば良い。そう、心底思った。

微睡《まどろ》みから覚めることを何度も繰り返し、その度に俺に幼いアリシアや、成長したアリシアが微笑みかけてくれた。

「レイス様、大好きです！」

「愛しておりますわ、レイス様」

「レイス様が、私の全てです！」

「あの女は誰ですの？　レイス様は私の婚約者なのに、馴れ馴れしく話しかけるだなんて！」

「レイス様以外の方には興味がありませんの。私には、レイス様だけがいれば良いのです」

「今日の夜会の為の首飾りを贈ってくださりありがとうございます。レイス様の瞳と同じ、澄んだ秋空の色を身に纏《まと》えて嬉しいです。あなたのアリシアは、誰よりも輝いておりますでしょう？」

いつかのアリシアが、激しい執着と思慕の記憶が、まるでその時代に戻ったかのように浮かんでは消えていく。

アリシアは、俺が自分の全てだと言った。

けれどそれは違う。

俺にはアリシアしかいない。アリシアは俺の全てで、俺には他に何もない。

愛している。

愛と呼ぶには暗く深く粘ついた感情だけれど、それでも俺にとってそれは愛情と呼べるただ一つのものだった。


どれほど夢を見ていただろう。

不意に、硝子が粉々に砕け散るように世界が壊れはじめた。

俺に微笑みかけてくれていたアリシアが、ぼろぼろに崩れ落ちていく。

その欠片を必死に両手に集めて、抱きしめようとした。

けれど目の前に広がった恐ろしく残酷な現実に、俺は手を止めた。

夢から覚めた俺が見たものは――はじめからその場にいたように、広場に集まる王国民たちの中に紛れて立ち竦《すく》み、俺が見ていた光景は――アリシアの処刑だった。

それはほんの一瞬の出来事で、処刑人の持つ巨大な剣によって、断頭台の上で虚ろな表情を浮かべるアリシアの首が転がり落ちた。

これも夢なのかと思った。

幸せな夢の続きに見てしまった悪夢なのかと思った。

けれどけたたましく騒ぐ声も処刑台を濡らす血も、動かないアリシアも、うまく呼吸ができずに苦しくなる俺の体も全て現実味を帯びていて、あぁ、これは夢ではないのかと気づいた。

『遅いお目覚めね、王子様』

処刑台から離れた高台に、シエルとユリアの姿があった。

ユリアがまっすぐに俺を見て、そう言った気がした。

実際言ったのだろう、唇がそう動いていたのを俺の目ははっきりと読み取った。

嘲笑うような表情を浮かべるユリアは、ルーチェに支配されただけの哀れな存在だったのだろう。

けれどユリアだろうがルーチェだろうが、もはやどうでもいい。怒りと絶望と、深い悲しみが混じり合った破裂しそうな感情が、体中を駆け巡る。

全身の血が沸騰するのを感じる。

アリシア、アリシアと、何度も名前を呼んだがそれは言葉としては発声できていなかったように思う。

「――殺す」

次に浮かんだ言葉はそれだった。

アリシアのいない世界なんていらない。アリシアを苦しめた者たちなんて皆、死んでしまえばいい。

王国は、滅びるべきだ。

そう、確信した。

俺は過呼吸のような息苦しさを感じながら、両手で頭を掻き毟《むし》った。

魔力が今までにないぐらいに強く体を巡るのがわかる。

『……レイス・コンフォール。……古《いにしえ》の盟約を破り、今だけお前に力を貸しても良い』

そう頭の中に声が響いた。

ところどころ聞き取りにくいそれは、少年のような少女のような中性的な声だった。

それが、誰のものでも構わない。

アリシアを傷つけ奪った王国を滅ぼす。その為なら、悪魔に魂を売ることなど造作もない。

「お前が誰でも良い、力を貸せ。今すぐに……！」

仄暗《ほのぐら》い力が、体から溢れる。

それは蠢《うごめ》くいくつもの手のような影となって広がり、大地を埋め尽くした。

逃げ惑い叫ぶ人々を、伸びた手はずるずると地面に引きずり込む。処刑されるアリシアを嘲笑って見ていた観衆が、瞬く間に命を失い倒れていく。

塵のように転がる骸《むくろ》の山を踏みしめて、俺はアリシアのもとへ向かった。

首だけになっても美しいアリシアを、両手に抱きしめる。

生まれて初めて流れた涙に、それがなんなのかはじめはわからなかった。

アリシアの頬に落ちる雫を見て雨が降っているのかと思い上を見上げたが、晴れ渡っていた空には白い雲が浮かんでいる。

泣いているのか、俺は。

アリシアを救えなかった。

傷つけて、失ってしまった。

俺が不甲斐なかったから。油断してたから。アリシアのそばから俺以外の人間を遠ざけるように、意図的にふるまっていたから。

愛と執着の境がわからずに、アリシアの嫉妬と愛情が心地良く、俺と一緒に壊れていってくれるのが、嬉しかったから。

そのせいで、こんな結果になってしまった。

全部、俺のせいだ。

視界の端で、ユリアの姿をしたルーチェと、俺のような姿をしたシエルが騒いでいる。

うるさかったから、すり潰した。

こんなに呆気なくできるなら、もっと早くこうすべきだったのに。

誰の声も聞こえなくなった王都の広場で、俺はアリシアを抱きしめて蹲《うずくま》っていた。

永遠とも思える長い時間、俺はただじっとしていた。

『……後悔したか、レイス・コンフォール』

気づくと俺の目の前に、だらりと長いローブを着てフードで顔を隠した小さな少年が浮かんでいた。

「……フォンセ」

それがコンフォール王家の守護者である闇のフォンセだと、何故だかすぐに理解できた。

『モールス・コンフォールはルーチェの封印を破った。我らが人に与えた知恵と慈悲を、裏切った。……イグニスは傷つき、イシュケは彷徨《さまよ》い、アネモスとファスはルーチェの虜囚《りょしゅう》となった』

「お前はシエルを選んだのではないのか？　お前の力が俺を永劫の虜囚《りょしゅう》にし、アリシアを殺した……！」

『我らは傍観者。ただの観測者だ。我らの力は、強き者に与えられる。我らが選ぶわけではない。それは自然の理。水が低きに流れ落ちるのと同様に、定められたこと。より強きものへと力は移る。それだけのことだ』

「お前たちタハトのせいで、アリシアは……」

『ルーチェの封印を破ったのも、ルーチェに惑い従ったのも、お前たちだ。王国は滅びるだろう。……しかし、レイス・コンフォール。お前の強い願いによって、我らは再び、今一度だけ力を与えることにした。……お前は何を望む？』

「……叶うなら、アリシアの生きている世界を。……もう一度、俺にアリシアと共に生きる希望を」

俺の望みはそれしかない。

アリシアだけが生きていてほしいだなんて綺麗ごとだ。

俺のそばにいてほしい。アリシアと共に生きたい。そうじゃなければ、このまま死んだほうがずっと良い。

もう俺には何も残っていない。

アリシアの屍を抱えて消えるのも、甘美なことのように思えた。

『理解した。……一度だけ、時間を戻そう。しかし、巻き戻るというだけ。世界が変わるわけではない』

「……どういうことだ？」

『巻き戻した世界が、また同じ結末を迎えないという保証はない。此度《こたび》の記憶を残す者もいるだろう。それが誰に、どのぐらい、という選定はできない。お前の愛したアリシアは、お前を恐れ嫌悪するかもしれない。お前の信頼する人間に、ルーチェの傀儡《かいらい》がいるかもしれない。我らが手を貸すのはルーチェの封印のみ。……それでも良いのか？』

「かまわない。アリシアが生きているのなら、俺と同じ世界にいるのなら、それで良い」

そうして――世界は戻された。

俺の記憶はすっかり残っていたし、フォンセの言うように、アリシアも成長するにつれて全てを思い出したようだった。

俺に向けられていた笑顔は、いつの間にか恐ろしいものを見るような顔に変わっていた。

俺に向けられていた激しい愛情は、恐怖と嫌悪に変わった。

俺に微笑んで好きだと言ってくれたアリシアはもういない。

アリシアが大切にしてくれていた幼い頃の思い出は、俺の中にだけ残った。それでも構わない。

俺が全て覚えている。アリシアの代わりに全て。

俺を嫌っていてもアリシアはアリシアのままで、感情のまま動くところも、単純なところも相変わらずで、亡骸を抱えた記憶に比べれば嫌われることなど、どうということもなかった。

アリシアが生きている。それだけで十分だ。俺の顔を見ただけで小動物のように怯える彼女は可愛らしくて、見ているだけで俺は満たされた。

アリシアは自分を処刑したのは俺だと思っているのだろう。真実を伝える気はなかった。嫌ってくれるのはむしろ都合が良い。

アリシアを巻き込まずにすむ。アリシアが公爵家にこもってくれている間に、全てを処理するつもりだった。

今度は間違えない。アリシアと共に生きる為なら、なんでもすると心に決めた。

俺が物心ついてようやく自分の力で考え行動できるようになった時には、すでにルーチェの封印は壊されていた。

アネモスとファスがルーチェの手に落ちているのなら、リュイとジェミャは信用できない。

セリオンを協力者に選び、どんな手を使ってでもモールス王を排斥《はいせき》する。

まずは、それからだ。

——今度こそ俺は、絶対にアリシアを守り抜く。

◆

ジェミヤの乗っていたものよりもさらに大きな翼蜥蜴《とかげ》の上にレイス様の姿が見えた。

レイス様が跨《また》っている鞍のすぐ後ろに鞍がもう一つあり、セリオン様が優雅に座っている。けれど小柄なセリオン様を抱きしめると言うよりはしがみ付くようにしてリュイが無理やりセリオン様と同じ席に座り、セリオン様の優雅さを台無しにしていた。

レイス様が手綱を操ると蜥蜴《とかげ》は空を滑るように降りてきて、私たちの前へ静かに降り立った。

軽々と飛び降りてくるレイス様とは対照的に、リュイはずるずると蜥蜴《とかげ》の背中から落ちて、地面にべちゃりとぶつかった。さすが運動は苦手だと自負しているだけのことはある。類稀なる運動神経の悪さだ。

セリオン様は氷で階段を作り、静々と降りてきた。こんな時まで麗しい所作に、私は感心した。

「アリシア！　今回は間に合った……！」

レイス様が私の名前を呼んでくれる。なんだか、とても懐かしい。朝会ったばかりなのに、ずっと、長い間会っていなかったような愛しさが胸にこみあげてくる。

「レイス様……っ！」

涙が溢れてくるのを手の甲でごしごし拭って、私はレイス様を呼んだ。

「ごめんね。……少し時間が、かかってしまった」

レイス様はそう言って、ユリアの正面に立った。

彼女は不愉快そうに眉を顰《ひそ》めて、目を細めた。

「やっぱり来たわね、フォンセ。いつも私の邪魔ばかりして、本当に目障りだわ！　お前だけは許さない」

「大人しく大神殿の地下に封じられていれば良かったのに。……ルーチェ。お前だけは許さない」

それはレイス様の声とは思えないほど、冷たい怒りに満ちた冷酷な声だった。

夜空に浮かぶ月のように静謐《せいひつ》で冷静な怒りを湛えたレイス様はあまりにも美しくて、あぁ、私はこんなに美しい方のそばにいられて幸せだと、ずっと思っていたんだと、久しぶりに思い出した。

「せっかくあと一歩だったのに、フォンセが世界を戻したせいで台無しよ。ずるいじゃない。お前の子供には記憶があるんでしょう、だからユリアを捕まえたんでしょう？　もう一度同じようにやり直すつもりだったのに。アネモスとファスは手に入れたから、もっと楽に終わるはずだったのに、台無しだわ」

「楽に終わらなくて残念だけれど、リュイはもうお前の思い通りにはならない。自分から魔力封じの首輪をつけてくれたよ。自分じゃない何かが思考に混じるのが不愉快だと言ってね。……ジェミャは、もう少し待っていて。今、正気に戻すから」

落ち着いた声音が耳に響いて、私は肩の力を抜いた。

ジェミャは私の体を拘束したまま、苦しげな表情を浮かべている。その瞳はレイス様の隣に佇むセリオン様をじっと見ていた。

前回の記憶と戦っているのかもしれない。

「本当に不愉快ですよ。首輪をつけて魔力を封じ、忌々しいルーチェからの魔力干渉がなくなったおかげで、アネモス様と対話できるようになったと思ったら、さらに忌々しくて嫌なことを思い出しました。なんで全く好みじゃないアリシア様を俺が手篭めにしなきゃならないんですか」

本当に不愉快そうな口調で、地面にへばりついていたリュイが起き上がって言った。

その首には、魔力封じの首輪がしっかりとつけられている。

いつもすました顔でいるくせに、顔が土で汚れているのがいい気味である。

「それは私の台詞だわ。私に無断で触れた罪、前の世界のだけれど、償ってもらうわよ」

ジェミャに拘束されながら私は怒鳴った。全く好みじゃないとか余計なことを言ったので、リュイは絶対許してやらない。

「触れてないじゃないですか、未遂ですよ、未遂！」

リュイはレイス様のほうにちらちらと視線を送りながら「レイス様の前でやめてください」と言った。

「……リュイ。黙ってください。ルーチェを逃がしたのは神殿の失態、何としても再び封じなければ、私はイシュケ様に顔向けできません」

セリオン様が厳しい声で言う。

「あー、はい。ルーチェを封じる為には俺もいなきゃいけないってレイス様が言うから来ましたけど、ルーチェの干渉から逃れる為に今の俺はこの有り様です。つまり魔法が使えないので、セリオン、頑張れ」

リュイは首に嵌められた黒い首輪を指で示した後、ひらひらと手を振った。肉体労働ができない上に魔法も使えないとか役に立たないわね。

レイス様を真ん中に、セリオン様とリュイが並んでいる。レイス様は頼もしいけれど、セリオン様とリュイは大丈夫なのかしら。なんというか、私のほうが強そうだわ。

「リュイ、言い訳しなくても大丈夫です。あなたが戦いで使いものにならないのは知っています」

セリオン様はリュイを煩《わずら》わしそうに睨んだ後、両手を空へ掲げた。

空中にぐるぐると激しく水が渦巻き、やがてそれは表面に水をたたえた鏡へと姿を変える。

それは選定の鏡のように見えた。私も一度しか見たことがないのではっきりとはわからないけれど、よく似ている。

ルーチェは臆《おく》したように後退る。

先ほどまでの堂々とした夜の女王のような姿が陰りはじめている。

「ルーチェ、元々お前は弱い。治癒と祝福、それだけの存在だった。お前は善意で祝福を授け、人の欲望を叶えた。いつしか、その祝福を自分の気に入った者や興味深い願いを叶える為だけに使いはじめた。それがどんな結果になるかも考えず、大多数の人々を不幸にし、運命を歪ませ、混乱させた」

レイス様の声に、もう一つ別の声が重なる。

それは少女と少年のような音の混じったよく通る声だ。

レイス様の背後で夜の闇がかたちを成す。黒い翼を持ち、長いローブを着てフードを目深に被り、口元しか見えない少年がレイス様の背後に浮かんでいる。

それが、フォンセ様の姿だった。

フードには、金色の瞳の紋様が描かれている。ローブの隙間から見える体には夜空のような深淵がのぞいていた。

「タハトは人にない力を持つ不滅の種族。だからこそ人に干渉せず、人の運命を歪めることをよしとしない。しかし古き盟約にお前は賛同しなかった。我らは人の王を選定しその眷属《けんぞく》を選び、お前を封じることにした」

フォンセ様の声が厳かに響く。

ルーチェは忌々しそうに、宙に浮かぶフォンセ様を見上げる。

「黙りなさい、フォンセ！　私は何も悪くないわ。人は欲望に満ちている。願いを叶えられて喜ばない者はいない。私は神よ。善い神なのよ。ここは私の世界。皆私を愛し、感謝するわ。それの何が悪いというのよ！」

「もはや人は我らがいなくとも生きていける。我らは見守るだけで良い。我ら永劫不滅であるタハトの人の世への干渉は、人の歴史の歪曲へと繋がる。それがわからないのならば、ルーチェ、お前は再び孤独の中で眠ると良い」

「うるさいわ。うるさいわ、うるさいのよ。寄ってたかって説教ばかりして、嫌になるわ！」

ルーチェが叫ぶ。

ルーチェは足で地面を蹴り、地団駄《じだんだ》を踏み、髪を両手でぐちゃぐちゃと掻きまわした。

幼い子供が癇癪をおこしているような怒り方だ。

ルーチェの怒りに呼応するように、ジェミャの瞳から再び光が失せた。

木の根が私からするりと離れる。ジェミャがレイス様のほうへ手を向けた。激しい揺れと共に大地が隆起し、鋭く巨大な岩石の礫《つぶて》がレイス様たちに降り注ぐ。

地面の揺れで倒れ込まないように、私は倒木に掴まった。レイス様は表情を変えずに岩石を見上げている。リュイは揺れる地面に翻弄されて情けない声を上げながら姿勢を崩し、セリオン様にしがみついてとてつもなく迷惑そうな顔をされていた。

セリオン様は空に浮かぶ水鏡の魔法を維持しながら、足下に氷の膜を張ってまっすぐに立っている。

「ジェミャ！」

私は咎めるようにジェミャを呼んだ。

いい加減に正気に戻ってほしい。正気に戻ったら一発殴らせてほしい。

私の首筋を噛んだ罪は重いし、レイス様を攻撃した罪も重い。

レイス様は片手を天上へ掲げた。景色が歪み、闇がレイス様の掲げた手の上へ集まり、渦巻いていく。

レイス様の作り出した闇の塊のようなものが、ジェミャの土魔法を呑み込む。

その光景は、闇が巨大なはずの岩石を捕食しているようにもみえた。

「……前回は俺にも良心があった。そのせいで、油断した。……今回は違う。アリシアを守る為なら、何でもすると決めた。たとえ非情だと、残酷だと、嘘吐きだと罵られても構わない。俺の両手は、とっくに血に塗《まみ》れているのだから」

レイス様、まだ少年だけれどなんて格好良いの……！

じゃなくて、私、落ち着くのよ私。

駄目なアリシアが心の中で喜びに小躍りしはじめるのを私は戒めた。

レイス様は確かに素敵だし、ずっと見ていたいけれど、私もカリスト家の長女として、イグニス様に加護を受けたものとして、しっかりしなければ。

いつでも炎魔法が使えるように、両手に神経を集中させる。

疲れてはいたけれど、まだ大丈夫。私のイグニス様を悪趣味な拘束具から早く解放して差し上げなければ。

それから、ユリアも。

大丈夫。レイス様がいくら素敵だからといって、私は忘れていない。今回の私は、レイス様のことしか考えていなかった以前のアリシアとは少し違う。

ちょっとだけ、ちょっとだけかもしれないけれど、自分を省みて成長できていると思う。

このままルーチェがユリアの声で話し、ユリアの体に存在するのを、許すことはできない。

「覚えているわ、覚えているわよ。お前は……、ユリアを殺したわね。そして、世界を戻した」

ルーチェは先ほどまでの余裕を失った表情で、レイス様を睨みつけた。

「そうだよ。俺は、アリシアがいない世界なんていらない」

レイス様はそれが当然のように言った。

レイス様、レイス様素敵、と私の心の中のアリシアが感動している。

心の中のアリシアというのは、言い訳だわ。

今のは私。まぎれもなく私が、深く激しい感情をレイス様に向けられて感動している。

私を処刑したのがレイス様ではないということがわかれば、私は単純だ。

忘れかけていた恋心が嵐のように私の心に戻ってくる。それはイグニス様が作り出した劫火のように燃え上がった。

この生まれ持った単純で直情的な性格のせいで私は失敗してしまったのだけれど、今回はもう間違えない。

何が悪くて、何が正しいのか、やっとわかった。

その正しさは私にとってというだけで、まさに自分本位のものだけれど、恋する女は自分本位だ。

そんなもの、当たり前じゃない。

レイス様が私の為に世界を壊し、巻き戻したというのなら――こんなに幸せなことはないわよ。

「それだけの為にユリアを殺し、あの場にいた全員を皆殺しにして、やり直しを望んだお前のほうがよほど非道じゃない。私は私の自由を勝ち取っただけ。お前は国中を血に染めたわ。罪に問われるべきなのは、お前じゃない」

「悪いけど、俺の耳にはアリシア以外の女の言葉は聞こえないんだよね。あぁ、聞こえない、聞こえないな」

非道さを指摘し捲し立てるルーチェに、レイス様は肩を竦《すく》める。

ルーチェを小馬鹿にしたように言うレイス様は、優しく穏やかな仮面が剥がれ落ちて性格が悪い部分が見え隠れしているけれど、それはそれで素敵だ。

駄目だわ、私。恋に落ちた女は盲目なので、レイス様ならもうなんでも良いと思いはじめている。

「……レイス様、準備ができました」

セリオン様がやや呆れたように嘆息しながらレイス様を呼んだ。

リュイにしがみつかれても冷静で麗しいセリオン様の作り出した水鏡が、鈍い輝きを放っている。

ルーチェが怯えた表情で水鏡を見上げた。

レイス様が頷くと、フォンセ様のフードに描かれた紋様が月光のように薄く輝き、闇を凝縮したような色合いの翼が大きく膨れ上がる。

「原初の闇、全てを統《す》べる大いなる父、不滅のフォンセ！　我らの静寂を侵す愚かなる者に裁きを。永劫の檻、永遠の孤独。罪人を不可侵の虜囚《りょしゅう》にし、我らに永久の安寧を！」

レイス様の高らかな言葉は、今まで聞いたことはないけれど、不思議と懐かしいもののような気がした。

レイス様の言葉を受けてフォンセが両手を広げると、ローブの隙間から見える夜空のような虚無から星空が溢れ出す。小さな星が輝き、私たちの立っている世界の風景を変えた。

足下には暗闇が広がり、銀河に包まれているように感じられる。

まるで、天上に浮かび上がったようだ。

父なるフォンセの大いなる魔力が、深く眠りにつくような安らぎが、優しく私たちを包み込む。

いつもよりも強く魔力が体を巡るのがわかった。

それがレイス様の力だと思うと、魔力の昂《たかぶ》りさえ愛しい。

フォンセ様の闇魔法で作り出された美しい空間の中で、ファス様の体を蝕《むしば》んでいるように見えた十字架の墓標がぼろぼろと崩れ落ちていく。

ルーチェの支配から解放されつつあるのだろう、ジェミャは口元を押さえながら私の足下へ膝をついた。

いつのまにか、セリオン様の背後にも小さな人影が浮かんでいる。それはセリオン様によく似た美しい造形の方だった。女性のように見えたけれど、大精霊様たちは男性の神像で描かれるのが普通なので、男性なのかもしれない。

雫の滴る水のローブを身に纏《まと》い、透明感のある体は氷でできているように見えた。

「玲瓏《れいろう》なるイシュケ、王の命に従い、永劫回帰の水牢に彼の者を封じたまえ！」

セリオン様の低く透き通るような声が、夜空に包まれた空間に響く。

鈍く光っていた水鏡が、白く輝いた。

それは夜空に浮かんだ月のようで、まるでもう一つの空が作り出されて、月が二つにわかれてしまったかのように見えた。

「嫌よ、嫌だわ……！　一人は嫌、孤独は嫌、私は愛されるのよ、私の世界なのに……！」

ルーチェは、両手で頭を抱えて激しく首を振った。

その体には何かが重なっているかのように、彼女が体を動かすたびにもう一人の姿が歪んで見える。

ユリアの中のルーチェが、引き剥がされそうになっているのだろう。

水鏡にひきずられるように、ユリアの体がずるずると少しずつ移動しはじめる。

このままでは、ルーチェと共にユリアも封じられてしまうかもしれない。

元々レイス様はそのつもりでユリアを神殿に閉じ込めたのだと、今になってやっと気づいた。

レイス様は私の為ならなんでもすると言ってくれた。けれど、私は——ユリアを助けたい。

助けを求めるようにイグニス様を見上げる。私の願いを察したように、イグニス様はそっと頷いた。

体に魔力が渦巻くのを感じる。

私の願いに応えるように、イグニス様の体が黄色い炎で包まれる。イグニス様を戒めていた楔《くさび》が、炎に焼かれてぼろぼろと崩れ落ちていく。

頭の中に、言葉が流れ込んでくる。

「強靭なる炎のイグニス！　邪なる者を浄化する聖なる劫火、苛烈《かれつ》なる審判よ！」

私の言葉が魔法をかたち作る。

ユリアの足下に、赤い幾何学模様の魔法陣が描かれる。

逃げる暇などはなかった。魔法陣から吹き上がる炎が、ユリアの体に纏《まと》わりつく。

ユリアが炎に巻かれ、燃えている。

「アリシア、さま……どうして……」

ユリアが炎の中で私に手を伸ばしている。驚愕に見開かれた瞳が、虹色の虹彩《こうさい》が色を失っていく。肉の焼ける嫌な臭いに、肌を真っ黒に爛《ただ》れさせていく炎に、私は両手で口元を押さえた。吐き気がする。頭が痛い。――呼吸ができない。

――私はユリアを、燃やして、殺した。

炎に苦しむユリアの姿は、前回の醜い私が、ユリアを害そうとした私が望んでいたものだった。

視界が黒く濁る。「アリシア！」と私を呼ぶレイス様の声が、遠くに消えていく。音がなくなっていく。

◆

王子様に会えると良いなって思っていた。

――それはただの憧れだったのに、どうしてこんなことになってしまったのか、私にはわからない。

お父さんが男爵の爵位を買い、貴族しか入れない王立タハト学園に通えると決まった時、私は淡い期待を抱いていた。

庶民の私にとって貴族というのは遠い世界の存在で、ましてや王太子殿下のレイス様という方は、国の式典の時に遠目に見るだけの尊い方だった。

それなのに同じ教室で学ぶことができるなんて、まるで夢のように思えた。

レイス様は見目麗しいのはもちろんのこと、その立場に驕《おご》ることなく穏やかで誰にでも平等に優しい方だった。

挨拶をすれば分け隔てなく返してくれたし、話しかければ笑顔で答えてくれる。理想の王子様をそのままかたちにしたような方だった。

けれどレイス様の婚約者のアリシア様という方は、レイス様とは真逆の方だった。

アリシア様は黒い髪に黒に近い赤い目を持った、神秘的な印象の小柄な美しいひと。レイス様の前では花が咲いたように可憐に微笑むのに、それ以外の者たちにとってはまるで棘のある毒花のような方だ。

レイス様にご挨拶をしたくても、近づこうとするとアリシア様が「私のレイス様に、何か用事が？」と言って睨みつけてくる。

アリシア様にご挨拶をしたら冷たい瞳で一瞥《いちべつ》されるだけ。アリシア様にとってはレイス様が世界の全てで、近づく者全てが世界を壊す外敵のように感じられているようだった。

悋気《りんき》の強い方だと思った。穏やかなレイス様にアリシア様は相応《ふさわ》しくないんじゃないかと。

それでもレイス様は、アリシア様をいつもそばに置いていた。

誰にでも平等に優しいレイス様だけれど、アリシア様を見る眼差しだけはどこかいつもと違っていて、——それはとても、私の入り込める場所ではないように感じた。

羨ましいと、心の隅で思った。

レイス様に愛されているアリシア様が、羨ましいと。

王子様と結婚できたら素敵だろうな、なんて幼い私は思っていた。実際その姿を目の当たりにして、あんなに傍若無人に自分の思うままに振舞っているアリシア様を、レイス様が——婚約者だからという理由だけで深く愛しているのを見てしまうと、なんだかとても羨ましかった。

私がたとえば、ミシェル男爵家じゃなくて、カリスト公爵家に生まれていたら。

レイス様の婚約者だったら、あんな風にレイス様を困らせたりしないのに。

私のほうが、アリシア様よりもずっと——レイス様を幸せにできるのに。

拙《つたな》い憧れは、羨望へ変わった。気付けば私は、いつもレイス様とアリシア様を目で追っていた。

十六歳になり、私は光の選定を受けた。

『あなたは、王子様と結婚したいのよね？』

選定の鏡の前に立った時、甘ったるい少女の声が頭に響いた。

選定の鏡には、見たこともないような愛らしい少女が映っていた。少女は鏡の中から私に話しかけてきているようだった。

私は答えられなかった。選定の場にいたレイス様と、セリオン様、神官長様が私を厳しい眼差しで見つめている。ジェミャ様だけが、聖女に選ばれたことを喜んでくれていた。

私はレイス様にそっと視線を送った。

あと一年と少しで、王立タハト学園を卒業する。私はレイス様に会えなくなる。

レイス様はアリシア様と結婚するだろう。私にはお二人の仲は良好に見えないけれど、婚約が解消されるという話は聞かない。

アリシア様は相変わらずレイス様を困らせていて、このまま結婚したらレイス様が幸せになれるとはとても思えなかった。

私なら。

私ならレイス様を困らせたりしないのに。

私がそばにいることができれば――

魔が差したというのは言い訳だ。私は心から、そう思った。皆に優しいレイス様を困らせるアリシア様のことが――嫌いだった。

そして、言葉を交わしたことも、挨拶を交わしたこともろくになかったのに、私は理想の王子様が――レイス様が好きだった。

――気づけば私は、レイス様の隣に立つようになっていた。

聖女に選ばれた私は、レイス様に連れられて王立タハト学園へ戻った。光の選定の場には、レイス様以外の姿がいつの間にかなくなっていたけれど、レイス様が手を繋いでくださったのが嬉しくて、気にならなかった。

その日からのアリシア様の私に対する憎悪は、凄惨《せいさん》の一言だった。

今までだって嫌われていたことはわかっている。アリシア様は恐らく人の想いに敏感な方なのだろう。私のレイス様に対する淡い思慕に気付いていたのか、私に対しての態度は冷淡で、私の学業の成績が良いことをレイス様に労《ねぎら》われた時は、庶民の分際でと私を罵ったりもしていた。

それでも私は比較的安寧に学校生活を送ることができていた。アリシア様とレイス様に近づかなければ良い。それだけの話だったからだ。

けれど聖女に選ばれてからは、日常が一変してしまった。

レイス様は私を大切にしてくれた。それは私が国にとっての大切な聖女だからだろう。なるべく私のそばにいてくれて、舞踏会や式典の時もエスコートしてくださり、聖女に相応《ふさわ》しいものをと言ってドレスや宝石も贈ってくださった。

アリシア様の居場所だったレイス様の隣は、私の場所になった。

申し訳ないとは思わなかった。少しだけ、良い気味だと思った。

アリシア様は私を泥水の中に突き落としたり、制服や教科書を燃やしたり、扇で私の頬を打ったりしたけれど——その度にレイス様が助けてくれるから、私は幸せだった。

アリシア様が私を攻撃すればするほど、レイス様は私を心配し、大切にしてくれる。アリシア様の行動が酷くなるほどに、レイス様は私を——愛してくれるかもしれない。

だからどれほど酷い目に遭っても、気にならなかった。

愛されているのは、私。

アリシア様は自覚のないまま、自滅していっている。可哀想とは思わなかった。アリシア様のことが、嫌いだったからだ。

私の記憶はところどころ曖昧だ。でもきっと感情や願いは、私のものだった。アリシア様を嫌い、破滅を望んだことを誰かのせいにしたくなんてない。

でも――死んでほしいとまで願いはしなかった。

気づけば私は、処刑台の上のアリシア様を見ていた。

あまりの恐ろしさに私はレイス様に抱き着いて涙を溢した。どうして、と思った。どうしてこんなことになってしまったの。

レイス様に憧れていた。

アリシア様が、羨ましかった。

それだけだったはずなのに、アリシア様の首は――私のせいで、呆気なくその体から切り離された。

悲鳴をあげながら私はレイス様を見上げる。そこにいたのは、レイス様によく似ているけれど、レイス様ではない別人だった。

『ユリアは、王子様と結婚したいんでしょう？　王子様なら、誰でも良いのよね？　嬉しいでしょう、私はユリアの望みを叶えてあげたのよ！』

再び頭の中で声がした。

違う、と否定したかった。

でも私の中には、どうしてもレイス様じゃなくてはいけないという確固たる思いのようなものは無い。

アリシア様のように、レイス様だけがいれば良い――なんてことはとても言えない。

私はアリシア様が羨ましくて、アリシア様を見返したかっただけだ。

身勝手な願いが――アリシア様を深く狂わせ、傷つけてしまった。

私は償いきれない罪を犯してしまった。

◆

目を開いているのか閉じているのかもわからない暗闇の中に私は一人で立っている。

耳が痛くなるほどの静寂があたりを支配していて、人の気配はしない。

レイス様やセリオン様、ルーチェや大精霊様たちがいたはずなのに誰の姿もなくて、一人でどこかに迷い込んでしまったようだ。

どこに行けば良いのかわからずに立ち止まっていると、私を中心として円形に松明《たいまつ》の明かりが灯った。

私の真正面に、少女の後ろ姿がある。

小柄な体にまっすぐな黒髪。豪華な赤いドレスに身を包む少女に私は見覚えがあった。

――それはユリアを傷つけようとしている、十七歳の私の姿だ。

「……許せない。……許せないわ。あんな女、大嫌い……！」

十七歳の私は譫言《うわごと》のようにぶつぶつと怨嗟《えんさ》の言葉を繰り返す。

怒りと共に、抑えきれない魔力が迸り《ほとばし》、私の腕に炎の残滓《ざんし》が纏《まと》わりついた。

「私はレイス様しかいらなかったのに。私にはレイス様しかいないのに。どうしてなの。どうして、私から奪うのよ……！」

十七歳の私は黒い髪をかきむしる。

「私は悪くないわ！　何も悪くない！　レイス様が好きだっただけ。私からレイス様を奪ったあの女が全部悪いのよ！」

私は首を振った。それは、違う。悪いのは私。

傲慢で、嫉妬深くて、子供みたいに残酷だった私。

確かにルーチェによって私たちの運命は変わってしまったのかもしれない。私はレイス様が失われていることにも気づかずに、入れ替わったシエル様とユリアに嫉妬していた。

愚かで滑稽だ。でも――激しい感情だけは、本物。

レイス様が好き。愛している。私を見てほしい、愛してほしい、ずっとそばにいてほしい。

だから私からレイス様を奪うユリアが許せなかった。

死んでほしい。死んでしまえ。――殺してやる、とさえ思った。

「悪いのは全部ユリアだわ。聖女がなんだというの。聖女に選ばれなかった私は、なんて可哀想なの！　あんな女燃やしてやる、ゴミみたいに燃やして、一生外に出られないような顔にしてやる……！」

あぁ――そうね。

そんなことを、私は言ったわね。

なんて、馬鹿なの。子供みたいに喚き散らして、自分は悪くないと騒いで。

馬鹿で愚かな私は――もう一度繰り返して、やり直す機会を与えられたというのに、ずっと同じように馬鹿で愚かなままだった。

自分の罪を認めずに、悪いのはレイス様とユリアだと繰り返し自分に言い聞かせていた。

その姿はまるで。

まるで。

――ルーチェと、同じ。

十七歳の私の足下から、真っ赤な炎が立ち昇った。炎は私の体を包み込み、苦しみもがく私の姿はいつの間にか――十七歳の、私が傷つけようとしていたユリアに変わっていた。

「アリシア様……、どうして……、こんな、残酷なことを……」

炎の中でユリアが私を見ている。

私は息を呑んだ。

私はいつの間にか赤いドレスを身に纏《まと》っている。私は十七歳の私の姿をしていて、私の右手には、ユリアを燃やした真っ赤な炎が纏《まと》わりついていた。

「ユリア……！」

私は炎の中でもがき苦しむユリアに駆け寄り、その体を抱きしめる。

大嫌いだった。

傷つけても何とも思わなかった。それどころか、ユリアを傷つけるたびに私こそが被害者だと自分を哀れんだ。

私はなんて——最低なの。

「ユリア、ごめんなさい、……ごめんなさい……っ」

人を傷つけるということがどういうことなのか私はわかっていなかった。

頭の中で私は自分の罪を認めたつもりでいた。だけど前回の私の罪は未遂に終わっていたから、心のどこかで甘えていた。

そんな私の軽々しい悔恨《かいこん》と罪悪感に、なんの意味があるというの。

私が失敗したのは最後だけ。それまでにユリアは私に何度も傷つけられている。それは、沢山の見えない傷だ。

ユリアに酷い言葉を投げかけた私は、ルーチェに操られてなんかいなかったもの。

私は私の意思でユリアを貶《おとし》めた。そして、最後はこの炎で——殺そうとしたわ。

「ユリア、ごめんね、……ごめんなさい、……私が馬鹿だった。自分のことしか考えなくて、自分だけが可愛くて、周りのことなんて全然見えていなかった。だから、レイス様がいなくなっていたことにさえ、気付かなかった。……私は自分を哀れむのに必死で、あなたを傷つけたこと、悪いなんてこれっぽっちも思っていなかったの……！　私だけが可哀想で、私以外の人たちなんてみんな酷い人間だと思っていたの……、最低だわ、私……！」

私は嗚咽を漏らしながら、必死に言葉を紡いだ。

イグニス様の炎が私の体にも纏《まと》わりついてくる。肌が焼けるような熱さは、感じない。

真冬に灯る暖炉のような、優しい暖かさが体を満たした。

「もう間違えないわ。私はあなたを助けたい！　許してほしいなんてとても言えないけれど、私は……、沢山傷つけてしまったユリアを、守りたいの……！」

ユリアの綺麗な虹色の瞳から、涙が零れ落ちた。

「……アリシア様。……私、ルーチェと共に、いきます」

可憐な声が、はっきりと言葉を紡いだ。

「どうして……！」

「私も罪を犯しました。……私はとても、アリシア様に顔向けできません。私は生きていてはいけないんです」

ユリアは悲しげに目を伏せた。

「馬鹿なことを言うんじゃないわよ。ユリアが生きちゃいけないのなら、私なんてもっと生きてなんていられないわよ！　前回の私、輪廻の審判でミミズとかにされちゃうぐらいに、酷かったのよ⁉　それなのに今私は堂々と生きてるじゃないの、私を見習いなさいユリア！」

私は怒鳴った。

私も馬鹿だけれど、ユリアも馬鹿だ。

ユリアの言う罪が何なのかはよくわからないけれど、前回の反省点を生かしてもう一度生きればそれで良いじゃない。

ユリアは唖然とした表情で私を見つめた。

「でも、アリシア様……、私は、ルーチェに望んでしまったんです。王子様に会いたい、アリシア様が羨ましいと。……全部、私が悪いんです」

「……レイス様は、渡さないわよ」

一応確認してみる。

そんな場合じゃないのはわかっているけれど、これはとても重要なので。

「大丈夫ですよ、アリシア様。レイス様はアリシア様を愛しています。それに私の感情は、ただの憧れでした」

「そうよね！　レイス様は私を愛しているものね！　……ではなくて。あのね、ユリア。私だって、ただの憧れだったわ。……私は、愚かで、単純で、馬鹿だったから、レイス様に初めて会った時、王子様なんて素敵だわって思っていたもの。それのどこが悪いのよ」

今はそれだけじゃない。

レイス様が王子様でも、そうじゃなくても、私はレイス様が好き。

時々寂しそうで、でも優しくて、案外嫉妬深くて、――私の為に世界を滅ぼそうとしてくれたレイス様と張り合えるぐらいに、レイス様を愛している。私以上にレイス様を愛している女なんていないもの。

「でも……」

「でもじゃないわ。私はユリアを助けると決めたの。だからさっさと、戻ってきなさい！」

「だけど、私は……！」

「だけどじゃないの。ユリア、私はずっと逃げたかった。自分の罪を認めたくなくて、レイス様からもあなたからも逃げようとしてた」

私はユリアの両腕を掴み、その顔を覗き込んだ。

暖かい炎に照らされたユリアは、驚き戸惑い悲しんでいる。その顔は聖女なんかじゃなく、どこにでもいる普通の少女に見えた。

きちんとユリアの顔を見たのは、これが初めてのように感じる。

私はユリアを嫌い、憎んでいたけれど、ユリア・ミシェルという人と向き合ったことは一度もなかった。いつだって私の中ではユリアは、聖女という記号だった。

「ユリア。私は我儘で自分勝手な子供だった。今の私は二度目の私なのに、やり直すことができたのに、自分は悪くないとずっと言い張っていて、……これではルーチェと、同じだわ」

「アリシア様……、私もそうです。……私も、私も……」

「私はもう逃げないわ、ユリア。だからユリアも、一緒に帰りましょう……！」

ユリアの瞳から大粒の涙がぽたぽたと落ちた。

私にぎゅっと抱き着いてくるユリアを抱きしめ返して、私は嗚咽を漏らしそうになる唇をきつく噛んだ。

だってまだ、終わってないわ。

『さぁ、――帰りなさい』

イグニス様の声が響く。

真っ暗だった景色が、次第にぼやけていく。

「アリシア！」

レイス様が私を呼んでいる。目の前には、炎に包まれたユリアの姿。

伸ばした私の手を、きゅ、とユリアが掴んだ。

「嫌！　嫌よ、ユリアは私のもの！　私の子供！　渡さないわ！」

ルーチェの細い悲鳴混じりの声が響く。

ずるりと、炎の中からユリアが私に向かって倒れ込んでくる。その体を私はしっかり抱きしめた。

「アリシア様……、ありがとう……」

「お帰り、ユリア」

私はユリアに、そう囁いた。ユリアの無事を確認すると、未だ立ち昇る炎に視線を向ける。

ユリアとは似ても似つかない嫋《たお》やかな金色の髪を持った麗しい少女が、イグニス様の炎に包まれていた。

彼女がルーチェなのだろう。

小柄な体に足下や手先までを隠す白い法衣のような衣服を纏《まと》い、まっすぐな金色の髪は地面につくほどに長い。

両手で顔を押さえて、嫌々と首を振っている。

「……どうして、どうしてなの、私は何も悪くないわ……！」

譫言《うわごと》のように、ルーチェが何度も呟いている。

「……私は悪くない。ずっと、私もそう思ってきたわ。あなたと私は、よく似てる」

私はルーチェに言った。

「うるさい、ヒトの癖に、タハトの私と似てるだなんて、なんて不敬なの。お前がいなければ、お前さえ、いなければ……！」

彼女は憎悪に満ちた瞳で私を睨みつける。言葉と共に、イグニス様の炎が消え失せる。

ルーチェは宙へ浮かび上がった。それはとても美しく神々しい、まさに光の大精霊と呼ぶべき姿だった。

「アリシア！　お前がいなければレイス・コンフォールは私のユリアを愛したわ！　ユリアは私に感謝し愛を捧げていたはずなのに、お前が邪魔をするから……！」

ルーチェが叫ぶ。それは神々しい姿に似合わない、幼稚な言葉だった。

――あぁ、本当に良く似ている。

あれは私。私の根っこの部分。隠したくても隠せない、自己愛に満ちた私の姿。

けれど今は私も、善い人間になりたいと少しは思う。

レイス様のそばにいる為、イグニス様に胸を張れる私になる為、ユリアに償う為。

「ユリア、ユリア……！　どうして助けてくれないの？　私はあなたの願いを叶えてあげたわ！　あなたの望むまま、全てをあげたじゃない！」

ルーチェがユリアに助けを求めるように手を伸ばした。

ユリアは私に抱き着いたまま、静かに首を振った。

「私にあなたはいらない。あなたなんて、いらなかった……！」

ユリアの涙混じりの切実な言葉に、ルーチェは何を言われているのかわからない幼い子供のような表情を浮かべた。

「……往生際が悪い。俺は、お前を永遠に許さない」

レイス様の冷酷な声が、魔力でかたち作られた空間に響く。

セリオン様の作り出した水鏡から、黒い影のような手が何本も伸びてルーチェに絡みついた。

抵抗も虚しくルーチェの体は水鏡に引きずり込まれていく。

「大いなるフォンセと四人の大精霊の名の下に、イシュケの水鏡よ、今再びの封印を」

セリオン様が厳かな声で言った。

私の足下で膝をついていたジェミャが立ち上がり、覚束ない足取りで私の隣へ移動する。

リュイもセリオン様から離れて、レイス様の隣へ戻る。

水鏡を中心に並んだ私たちは顔を見合わせ、頷き合った。

封印の儀式は初めてだけれど、ずっと昔から知っているような気がする。イグニス様の記憶なのだろうか、それともイグニス様の想いを繋いできたカリスト家の記憶なのだろうか。わからないけれど、私たちは多分そのやり方を知っている。

「……ジェミャとリュイは、無事に戻った？」

レイス様に問われて、リュイは「ご心配をおかけしました」と頭を下げた。魔力封じの首輪を外して、指にかけてくるくる回している。リュイはもう少し真面目にしたほうが良いと思う。

一方ジェミャは苦しそうな顔のまま頷いた。ジェミャのほうはもう少し物事を柔軟に気楽に考えたほうが良い。

私が言えたものではないのだけれど。

「父なる大精霊、闇を司るフォンセ。その静寂と安らぎで我らの平穏を守り給え」

レイス様が、ゆっくりと祝詞《のりと》を捧げる。

「強靭なる大精霊、炎を司るイグニス。その猛々しい炎で悪しきものを払い給え」

ユリアと寄り添いながら、私もイグニス様へ祈りを捧げた。

「玲瓏《れいろう》なる大精霊、水を司るイシュケ。その清廉な心で我らの邪心を消し去り給え」

セリオン様の落ち着いた声が、イシュケ様を呼ぶ。

「公正なる大精霊、風を司るアネモス。倫理の天秤で我らを公平に裁き、正しき道を示し給え」

リュイの言葉と共に、彼の背後にもアネモス様が浮かび上がった。

アネモス様は、緑色の癖のある髪を持った姿で、爽やかな好青年といった印象だ。雲のような白い靄《もや》を身に纏《まと》っていて、手足の先は霞《かすみ》のように消えて見えなかった。

「厳格なる大精霊、土を司るファス。罪深きものに裁きの鉄槌を下し、我らに安寧を与え給え」

ジェミャの低く掠れた声が響いた。

いつもの自信に満ちた声ではない。いつもはちょっと声量がありすぎるので、このぐらいが丁度良い。自分に自信をなくしているぐらいが、ジェミャの場合は慎重になって良いのかもしれない。

私も人のことは言えないけれど。

ファス様は十字架の墓標から解放されている。のびのびと植物のような体を伸ばしている姿は、人というよりは深い森の奥にひっそりと生える大樹のようだ。

私たちの祈りの言葉が終わると、大精霊様たちはそれぞれの色をした美しく光り輝く球体へかたちを変える。

それらは水鏡の周りをぐるりと回ると激しく光り輝き、空を横切る流星のように水鏡の中へ消えていった。

ルーチェを呑み込んだ水鏡は、何事もなかったかのように静かに揺らめいている。

私はほっと、息をつく。ユリアが祈るように私の手を強く握った。

私たちを取り巻いていた、フォンセ様の闇魔法でできた夜空のような空間が、景色が歪んで元の真っ暗な森へ戻っていく。

ルーチェを封印したイシュケの水鏡が、鈍い輝きを放っている。

これで、終わったのかしら。

私はレイス様を見る。レイス様は私に駆け寄ろうとして、その足を止めた。

レイス様が厳しい表情を水鏡に向ける。

つられて私もそちらを見ると、水鏡の中心から罅《ひび》が入っていく。

それは瞬く間に広がって、呆気なく、簡単に粉々に砕け散った。

「……どうして」

私は呟いた。

「セリオン、死にたくないからってけちったんじゃないだろうな！」

「人聞きの悪いことを言わないでください。イシュケの持ちうる最大限の魔力を込めました。寿命が数年縮まりましたが、私は若いので問題ありません」

リュイに詰《なじ》られて、セリオン様は冷静に答える。

イシュケの水鏡の魔法を使うと、寿命が縮まるの、セリオン様。それにしても随分落ち着いているけれど、大丈夫なのかしら。

「じゃあ、どうして」

リュイが眉根を寄せる。

レイス様は何も言わなかった。ジェミャが私とユリアを庇うように、私たちの前へしっかりと立った。

「……使えないな。どれも、これも、全部」

少女のような声が聞こえた。

水鏡のあった場所には、いつの間にか小柄な少年が佇んでいる。

少年の手に握られた、鈍い光を湛える槍の先に、ルーチェの亡骸が突き刺さっていた。

「シエル」

レイス様が言う。私はユリアを庇う為に、一歩前に出た。

「フェルゼン家の屋敷にいたお前を拘束し、王家の牢に入れたはずだが、どうやって出てきた？」

「兄上に毒を呑まされ森に捨てられルーチェに救われた時、僕はルーチェの力を与えられました。……ルーチェと同じで、人を惑わすのは得意なんですよ」

光槍に突き刺さっているルーチェの亡骸が激しく光り輝く。

その光は少年の――シエルの体へ入り込んでいく。

シエルの体が真昼の太陽のように光る。足下まで髪が伸び、額にルーチェを表す円を三つ組み合わせたような赤い紋様が浮かび上がった。

胸を押さえ、苦しむようにくの字に折れ曲がった背中からは、真っ白な羽が生える。それはシエルの体よりも大きくて、神々しく美しいと言うよりは禍々しかった。

「でも、使えなかったな。大精霊ルーチェが、こんなに脆弱だなんて知りませんでした。全員、殺してくれると思ったのに」

つまらなそうにシエルが言う。

「どうして、と言いましたね、リュイ。教えてあげますよ。イシュケの水鏡の中にルーチェは確かに封じられていました。封印はきちんとなされていた」

「シエル様……、その姿は……」

リュイはシエルのことを知っているのだろう、苦しそうな表情で異形へ姿を変えていくシエルを見ている。

「永劫不滅のタハトであるルーチェを、僕だけが殺すことができるんです。ルーチェの力を与えられた僕は、ルーチェを殺し、光の大精霊に成り代わることができる。皆さんがルーチェを封じてくれたおかげで、ルーチェは水鏡の中で身動きが取れなくなっていたので、楽に殺すことができました」

シエルは薄く笑みを浮かべた。

その表情は、処刑される私を見ていたあの死神王子そのものだった。

「兄上たちのおかげで、蝶の羽根をむしり取るぐらいに簡単でした。ありがとうございます」

喉の奥で、シエルは笑う。

笑い声と共に揺れる体に合わせて、不格好なほどに大きすぎる二枚の翼が揺れた。

「シエル。ルーチェは封じられた。それで、もう終わりだ」

レイス様が静かに首を振った。

その声音からは、シエルに対する憐れみと親愛の情が感じられた。

「終わってなんていません。兄上、何が終わりなんですか？　僕はあなたに一度殺されました。父からいらないものとして扱われ、フォンセは僕を選ばず、兄上は僕を森へ捨てた。けれど僕は死の淵《ふち》から帰ってきた。あなたに復讐する為に」

シエルの周囲に、手のひら大の金色の円がいくつも浮かび上がる。

金色の円が一斉に膨れ上がったように見えた。私はユリアを抱きしめて、手のひらを前に突き出す。ジェミャの作り出した石牢のような盾を貫通した光弾が、私の燃え盛る炎壁に焼かれて溶けていく。

「シエル、お前はルーチェの残した魔力の残滓《ざんし》に惑っているだけだ。自らがルーチェに成り代わったところで、何になる？　いい加減、正気に戻れ！」

レイス様の作り出した闇の障壁が、球体状になってシエルを包み込んでいく。

金色の円から無数に放たれる光弾が全て闇へと吸収されていく。シエルは苛立ったように長く伸びた髪を両手でかきあげた。不格好な翼が、大きく開く。大きすぎる翼を広げた華奢なシエルの姿は、巨大な二本の手に操られている人形のように見えた。

「兄上に何がわかるんです？　僕には何もない、何ひとつないんですよ。生まれた時から要らない存在だった。僕は惑ってなんていない。正気ですよ。哀れと思うなら、兄上の居場所を僕にくれますか？　くれると言うなら、邪魔なあなたは死んでください。死ね……！」

シエルの叫び声と共に、耳障りな羽音が巨大な翼から鳴り響く。

白い翼の一枚一枚を震わせて擦り合わせたような耳障りな音に、私は耳を塞いだ。神経が直接犯されるような不愉快な音色だった。足下がぐらつく。

シエルの体から、閃光が迸《ほとばし》る。

目を開くことができないぐらいの光量が、暗い森を真昼のように照らした。

それは隙間もないぐらいに降り注ぐ光弾だった。

避けることもできないまま私は目を伏せて、きつくユリアを抱きしめる。ユリアは震えながらしっかり私の体を抱き返してくれる。

痛みはない。目を開くと、私たちの前にはぼろぼろになったジェミャが倒れていた。体を張って守ってくれたのだろう。ユリアが弾かれたようにジェミャに駆け寄る。手を翳《かざ》すけれど、ユリアはもう光魔法は使えなくなってしまったようで、泣きそうな顔をしながらジェミャの頭を抱え上げた。

レイス様の前に、リュイとセリオン様が立っている。レイス様を庇うようにして立ちはだかった二人の体の足下から、ファス様が拘束されていた十字架の墓標のようなものが、生き物のようにずるりと生えた。

二人の体は見えない何かに操られるように宙に浮き、叩きつけられるようにして地面から生えた墓標にはりつけにされる。両手や太腿に、光の杭のようなものが突き刺さっている。リュイは呻き声を上げ、セリオン様はきつく唇を結んでシエルを睨みつけた。

シエルを包んでいた闇の障壁が粉々に破壊されている。レイス様の体はところどころ切り裂かれて、赤い血がしたたり落ちていた。

レイス様は感情が失せたような冷たい瞳で、シエルを見ている。

「ねぇ、兄上。わかったでしょう、ルーチェの力を手に入れて、ルーチェに成り代わった僕のほうが兄上よりも強い。フォンセの加護を受けているだけの兄上よりも、強いんですよ。僕はタハトです。タハトは神、国を支配する永劫不滅の存在」

楽しくて仕方がないというように、シエルは笑い声を上げる。

その姿は神というより、もっと醜悪な何かに見えた。

「ねぇ、兄上。皆を助けたいですか？　僕の力があれば簡単に殺せますけど、可哀想だから助けてあげましょうか？　そのかわり兄上の一番大切なものを僕にくださいね」

シエルは私へ視線を向ける。

それは獲物を見つけた蛇のような、粘つくような視線だった。

「アリシアをください、兄上。兄上の一番大切なアリシアが僕に蹂躙されて壊れる様を、そこでじっくりと見ていてください。そうしたら、命だけは助けてあげますよ」

私は不快感に唇を噛み締めた。

最悪だわ。最低だわ。シエルのことを少しだけ可哀想と思ってしまっていた私の気持ちを返してほしい。

「ふざけるんじゃないわ！　私はレイス様だけのものよ、悲しくて辛い思いなら皆してる、苦しいのはあなただけじゃない。それなのにいつまでもねちねちと駄々をこねてるんじゃないわよ！」

苛立ち紛れに私は怒鳴る。一歩でも近づいたら、炎魔法で灰にしてやる。

私は両手に炎を纏《まと》わせた。アリシア・カリストはびくびく怯えるだけの弱い女ではないことを思い知らせてやる。

「……僕のほうが先に生まれていたら、兄上の場所は僕のものだった。王位を継ぐのも、王太子の地位も、兄上の大切なアリシアだって僕のものだった。そうですよね、アリシア。……ひとつまえの君は僕を兄上だと思い込み、僕を愛して、処刑されるほどの罪を犯した」

私の怒鳴り声なんて聞こえていないかのように、シエルが私に近づく。

シエルの足元から私の作り上げた炎の柱が立ち昇る。しかしシエルが煩《わずら》わしそうに手をひと払いしただけで、私の炎は簡単に消されてしまった。

一歩私に近づくごとに、シエルの体が少女のような幼い体から青年へと成長しているように見えた。

大きすぎる翼をずるずると地面に引きずりながら、青年の姿になったシエルは私に手を伸ばす。細身の体躯、仄暗《ほのぐら》い笑みを浮かべる口元、冷酷な瞳。

処刑される私を見ていたあの瞳を思い出す。

私は後退る。恐怖が足下から這い上がってくる。怖い。気持ちが悪い。

「嫌……っ、近寄らないで……！」

震える手を正面へ向けて、シエルを劫火で焼き尽くそうとした。シエルは愉快そうに笑うだけで、私の炎はシエルの体を傷つけることはなかった。

「アリシア、僕が先に生まれていたら、アリシアは僕を愛し――」

「……死ね」

シエルの声に、レイス様の声が重なる。

瞬きをする間もないほど、それは一瞬のことだった。

シエルの足下から、闇を煮詰めたような不吉な色の手が何本も生えて、シエルを地中に引きずり込もうとしている。

黒い手は、シエルの巨大な翼に何本も絡みついて、ぼきりぼきりと音を立てて、翼を折り砕いた。白い羽がひらひらと舞い散る。それだけが、なんだか別世界の光景のように綺麗だった。

レイス様は動けないシエルに圧《の》し掛かり、その胸を踏みつけた。

「お前は哀れだから見逃してやろうかと思っていたんだけど……でも、やめた。アリシアは、俺のもの。欲しがるのなら、今度こそ殺す。安心しろ、妄執《もうしゅう》も残らないほどにその体を粉々に刻んでや

ろう」

フォンセ様の大いなる闇が、レイス様の体を包んでいるようだ。

それはルーチェの光を打ち消すほどに、ずっと深く、昏《くら》い。

レイス様の手に闇色の剣が握られる。その切っ先はシエルの首を確実に捉えていた。

殺そうとしている。実の弟を、その手で。

「レイス様……！」

私はレイス様に駆け寄った。

いけない、と思った。

シエルを助けたい訳じゃない。レイス様に傷ついてほしくなかった。

——だってレイス様はずっと寂しそうだったもの。私がそばにいると言うと、嬉しそうに微笑んだもの。

レイス様の心には沢山の見えない傷があるのだろう。私はそれをもう増やしたくない。

私はレイス様の体を、縋《すが》りつくようにして抱きしめた。

「レイス様、レイス様……、もう、良いですから、もう……！」

「どうして？　シエルは、俺のアリシアを傷つけて、愚弄したんだよ」

レイス様の薄青い瞳の色が、濃く色を変えている。

それは深い海の底を思わせる色だった。

レイス様は自分を見失っているというわけじゃない。とても冷静に、静かに、——怒っている。

「私は気にしていませんわ！　誰が何を言おうと、私はレイス様を愛しています！　それだけは、変わらないことを忘れないでほしいの……！」

「アリシア……、アリシアは……今のアリシアも、俺を愛してくれている……？」

震える声で、レイス様が言った。

見開かれた瞳には、今の私、見た目だけでいえば地味な壁の染みのアリシアが映っている。

「はい！　アリシアはレイス様しかいりません……、なんて馬鹿みたいなこと今は言えませんけど、でもそれぐらい私はレイス様を愛していますわ！」

レイス様は踏みつけていたシエルの上から足をどかした。

シエルの体を拘束していた闇色の手が、するすると消えていく。

巨大な翼も長く伸びた髪も、何事もなかったようにシエルの体から失せた。青年だったシエルは消えて、そこには小さくて華奢な少女のような少年が、襤褸屑《ぼろくず》のように倒れていた。

シエルの体からルーチェの気配が失せると同時に、リュイとセリオン様を拘束していた十字架の墓標が砂塵のように崩れる。地面に倒れたセリオン様を、リュイがふらつきながらも担ぎ上げる。

「……僕を殺してください、レイス」

ぼんやりと空を見つめながら、シエルが言う。

レイス様は私を宝物のように抱きしめながら、首を振った。

「アリシアが殺すなというから、殺さないよ。それに、シエルは俺のただ一人の弟だからね」

「……馬鹿馬鹿しい」

起き上がることができないのだろう。

倒れたままのシエルが、小さな声で呟く。

「もう一度歯向かうのなら、容赦はしないけれど。……人はタハトにはなれないんだよ、シエル。ルーチェの力はお前から零れ大地へ帰ったと、フォンセが言っている。お前の小さな器に残っているのは、もうわずかな魔力の残滓《ざんし》だけだ。お前の言葉で言わせてもらえば、……お前は俺には勝てない、だったかな」

レイス様が手を翳《かざ》すと、温かい光が体を包む。いつの間にかできていた傷がみるみるうちに塞がっていく。ルーチェの加護がなくても光魔法は使えるのだったわね。

私は使えないけれど、レイス様は万能なので全ての魔法を人並み以上に使うことができるんだった。格好良いわ。素敵だわ。そう言えば私、抱きしめられているのだったわね。

急に思い出してしまって、顔に熱が集まるのがわかった。

傷が癒えたのだろう。ジェミャがシエルの足下に跪《ひざまず》き、その体を抱きあげた。

セリオン様がユリアに手を差し伸べる。ユリアは遠慮がちにその手を取っていた。セリオン様はぱっと見美少女なので、安心感があるのかもしれない。

リュイが離れた場所で大人しくしていた翼蜥蜴《とかげ》を呼び寄せている。

私はレイス様の腕の中で、遠慮がちにその顔を見上げた。

なんだか、顔を見るのが恥ずかしい。急に恋する乙女に戻ってしまったように、緊張してしまう。

「アリシア……、アリシアが無事で、良かった。本当は巻き込みたくなかった。……俺に怯えて公爵家に隠れてくれているなら、それが一番だと思っていたんだ」

レイス様は私を見つめて、静かな口調で言った。

「レイス様、私は……、その、なんていうか、色々足りていなくて、……ごめんなさい」

「アリシアが謝る必要はないよ。悪いのは、俺だから」

先ほどまでの冷たい怒りが消え失せて、いつもの温和なレイス様に戻っている。

悲しげな表情でレイス様が謝るので、私は首を振った。

私たちはもっと沢山話をする必要があるのだろうけれど、私はもうレイス様を怖いとは思っていないし、ただ巻き込まれて流されるだけだった自分を恥ずべきだとも思っている。

私がもっと周囲の状況に関心を持っていたら、人の話に耳を傾けていたら。

レイス様に自分の想いをぶつけるばかりではなくて、もっとわかり合うように努力していたら、何かが変わっていたはずだ。こんなことにはきっとならなかっただろう。

時間を戻したのがフォンセ様で、レイス様が前回の記憶を持っていたというのなら、どうして私に予知夢だなんて嘘を吐いたのかはよくわからないけれど——でもそんなことはどうでもいい。

レイス様は素敵だし、格好良いし、それで良いじゃない。

それは正しく能天気でお馬鹿さんのアリシアそのものなのだけれど、元々の私が変われるという訳じゃない。

だって私はずっと、レイス様が好きだった。

最初は王子様に憧れるという単純な気持ちだったし、自己愛のほうが強かったのかもしれないけれど、それでも、好きだという気持ちに嘘はない。

だって私は、上手に嘘を吐けるほど賢くない。

賢くないなんて認めたくはないけれど、自分が一番よくわかっている。

「……アリシア、帰ろう。……もしアリシアが良ければだけれど、話したいことが沢山あるんだ」

レイス様が言う。

私はレイス様の背中にそっと手を回すと少しだけ体を離して、私の記憶の中のレイス様よりも若いレイス様をじっと見つめた。

「レイス様、……十四歳のレイス様も、とても素敵ですわ……！」

「……うん。ありがとう」

悪いところは改善する必要はあるけれど、私は私を無理に変えることはどうにも無理そうな気がするから、正直になることにした。

思ったことをそのまま伝えると、レイス様は驚いたように目を見開いて、それから微笑んでくれた。

第六章　逃げない私と未来の変化

馬車から降りた私の目の前には、『ミシェル装飾店』の看板が掲げられた小さなお店がある。

扉をくぐると、店番をしていた愛らしい少女が顔を上げた。

店に入る私の姿を見つけると、慌てたように駆け寄ってくる。

「アリシア様！」

どことなく儚《はかな》げな雰囲気はあるけれど随分と元気そうなユリアが、私に笑顔を向けた。

「ユリア！」

私もユリアに駆け寄って、その手を握りしめる。

久々に仲の良い友人に会ったような、気安さと嬉しさを感じる。ユリアに会うのは久しぶりだった。

あれから三年。私は十七歳で、セリオン様やリュイの勧めにより入学した王立タハト学園の卒業を間近に控えている。

前回なら、今頃はもうすでに処刑台の上に立っていたはずだ。

しかし今の私の日々は穏やかで、そんな不穏な気配は微塵もない。

それは、失われた日々のやり直しだった。私にとっても、レイス様にとっても。

ユリアは学園には入らなかった。男爵の爵位も返してしまい、ただの王国民へ戻ったのだという。

あの出来事の後、ユリアと話す機会を持つことはできなかった。

彼女の身柄はセリオン様が引き受けてくれた。気丈に振舞ってはいたけれどルーチェの支配を受けていた体の負担は大きくて、全てが終わった後倒れたユリアはしばらく目覚めなかったようだ。

王家の治療院からそのままミシェル男爵家に戻ってしまったので、会うことはできなかった。

私はカリスト公爵家へ戻された。レイス様が色々後処理を終わらせたら必ず迎えに行くと言ってくれたので、不安はなかった。

ジェミャはセリオン様やレイス様に合わせる顔がないと言って辺境にこもっているという。風の噂では昔から決められていた婚約者である、辺境の街の令嬢と結婚したらしい。式に参列ぐらいさせてくれても良かったのにと思わないことはなかったけれど、生真面目な筋肉男は前回の記憶や今回の罪について、周囲がどれほど許すと言っても、自分で自分を許すことがまだできないようだ。

それでも年末の式典にだけはきちんと顔を出しているところが律儀だと思う。


セリオン様は大神殿で次期神官長としての役割を粛々と務めている。

慈悲深く優しく少々毒舌なセリオン様は、私にそれはもう甘い、学園の全生徒が苦笑しながら生温い視線を送ってくるほどに甘いレイス様の代わりに、私の教育を厳しく行った。

前回の人生でもあまり熱心に教育を受けていたとは言えず、今回は最初からやる気がなかった私の成績はそれはもうずたぼろだった。二回目の人生なのだから、勉強なんて覚えているはずで楽勝と思っていたのに、人生とはままならないものだ。

王立タハト学園一年の時からそれはもう優秀で、テストの点数など一位が当たり前のレイス様の隣の席の私は、常に中くらいから少し下を行ったり来たりしていた。

多少心を入れ替えて生真面目さを手に入れた私である。

さすがに前回の記憶がある身でありながら、成績が中の下であることには落ち込んだ。

そんな私をきらきら光り輝くような笑顔で見つめながら、「アリシアは可愛いね」としか言わないレイス様。「成績が悪くて落ち込むアリシアも最高に可愛いね」としか言わないレイス様。

確かに今の私もレイス様が大好きだけれど、紆余曲折《うよきょくせつ》あって周囲にも気配りがそれなりにできるようになった私である。過去の私なら「レイス様ぁ！」と体をくねらせながら喜んでいたところだけれど、今回はそうはいかない。

さすがに恥ずかしかったので顔を伏せて「あまり甘やかさなくでくださいまし」とお願いした。

レイス様はさらに嬉しそうにしながら私の手をぎゅっと握りしめて「可愛い、アリシア、俺のアリシア」と連呼した。

近くにいた同級生が物凄い表情を浮かべていたのが忘れられない。

そんな私の成績の惨状を知ったセリオン様が家庭教師を引き受けてくれたのである。

レイス様は「絶対に許さない」「俺がやる」と言っていたけれど、セリオン様に「駄目ですよ、レイス様にお願いしたら、アリシア様を甘やかして甘やかして甘やかし放題にすることは目に見えています」と一蹴されていた。

私も王妃になる身として、レイス様の隣に立つ身としてあまりお粗末な姿は晒せないので、セリオン様にお願いすることにした。私の教育係はセリオン様だったり時々リュイだったりしたけれど、二人ともそれはもう厳しく指導してくださり、お陰様で私の成績は上位十名には入るようになった。

レイス様は拗ねていたけれど、「レイス様の為に、頑張りたいんです」と伝えたら機嫌を直してくれた。

学園では、失ってしまった時を取り戻すようにレイス様と沢山のことを体験した。舞踏会や、晩餐会といった華やかな行事に共に参加したり、校外授業を共に行ったり、生徒会の活動をしたりと忙しかった。

嫉妬ばかりしていた前回の私が嘘のように、穏やかな日々を過ごした。

それというのもレイス様が他の女生徒に目もくれず私のそばから離れず、気づけばにこにこと私を見つめていて、嫉妬している暇などなかったからかもしれない。

リュイはジェミャと違い後悔や反省など特にないようで、相変わらず飄々《ひょうひょう》と自分の役割をこなしている。

会う度に「こんにちは、多少まともになったアリシア様」とか言ってくるので腹立たしいが、レイス様の良き参謀として『あの出来事』の後処理を行ってくれたらしいので、あまり文句も言えない。

そんなリュイも婚約者との結婚の話が出ており、どうやらその令嬢にはあの根暗男でも頭が上がらないらしい。弱みを握る為に、リュイの妻となる方とは絶対に仲良くなりたいと思っている。

レイス様が私を城の一室に閉じ込めた時ついた嘘については、私を巻き込みたくなかったというのが半分、ルーチェをおびき出す為の囮にしようと思ったのが半分らしい。レイス様は何回も謝ってくれたけれど、私ははじめから怒ったりはしていない。

怯えて暮らしていた私とは違い、全てを知っているレイス様は一人きりで私を守ろうと戦ってくれていたのだと思うと、愛しさ以外には何も浮かばなかった。

ユリアのこと、ジェミャのこと、それから、シエル様のこと。

気になることは多々あったけれど、瞬く間に日々は過ぎていった。

そうしてようやく私は、ユリアのもとを訪れる決心をしたのである。

レイス様には内緒だ。言っても良かったのだけれど、一緒についていくと言われかねないと思ったからである。

できればユリアとは二人きりで会いたかった。

だからセリオン様にユリアの居場所を聞いた。セリオン様は心配していたけれど、お互いの為にもう一度会わなければいけないような気がしていた。

「久しぶりね、ユリア。よく、私だとわかったわね？」

「アリシア様のこと、忘れたりしません！　それに、アリシア様は有名なのですよ。次期国王のレイス王太子殿下とは仲睦まじく、お祝い事でお二人の姿を拝見すると、新しい恋人ができるとか、恋が叶うとか言われていて……」

「そ、そうなの？　そんな、恋愛成就の神様みたいな感じになっているの、私たちは」

「知りませんでしたか？　私も一度、王都の花の祝日記念式典を見に行ったんですよ。アリシア様がお元気そうで、ほっとしたのを覚えています」

ユリアは私の手を引いて、店の奥に連れていった。

そこは小さな応接間のようになっていて、促されるままソファに座ると、香りのよい紅茶をユリアが淹れてくれた。

私の前にちょこんと座ったユリアは、以前と同じく小ぢんまりしている印象だ。

柔らかそうな髪は簡単に結ってあって、簡素なワンピースに白いエプロンをつけており、頭には小花柄の三角巾を巻いていた。

「そばにいたのなら、声をかけてくれたらよかったのに」

「私はただの市民ですし、本来ならアリシア様は雲の上の方なのですよ。迷惑もかけてしまいましたし……、アリシア様に救っていただき、勇気づけていただいた思い出は一生の宝物です。その宝物があれば、私はどこでも生きていけると思っているんですよ」

「ユリア、私はあなたに酷いことをしたのに……」

私が俯くと、ユリアは首を振った。

「アリシア様、謝らないでください。私が全部悪いのです。……私、昔から、自分の思う通りに物事が運ぶこと、何となく気づいていました。……王子様に会いたいと願っていたら、レイス様に会うことができたし、レイス様のそばにいたいと、アリシア様が……邪魔だと、心のどこかで思っていたんです。だから、あんなことになってしまった」

「ユリア。……私だって、到底できた人間ではないわ。人を嫌ったり、疎んだり、嫉妬したり……、心の中で悪口を、沢山言ったりするもの。でも、ユリアの願いだって、それと同じよ。たまたまユリアはルーチェに選ばれて、勝手に叶えられてしまっただけだわ。だから、気に病まないで欲しいの」

「……アリシア様。ありがとうございます」

ユリアは切なげに微笑んだ。

「ユリア、あなたも本当は一緒に学園に通えたはずなのに……、今まで会えずにいてごめんなさい」

「セリオン様も、学園に行ってはどうかと勧めてくださったんです。でも、私が拒否しました。実家を継いで金細工の職人になろうと思って。小さなお店ですけれど、評判が良いんです。私も最近は、自分が作ったものをお店に出せるようになったんですよ」

ユリアはどこか誇らしげにそう言った。

「そうなのね、凄いじゃない！　……そうだ、ユリア。私、卒業したらレイス様と結婚するのだけれど」

「それはおめでとうございます！」

申し訳なく思いながら私は伝えたけれど、ユリアは純粋に喜んでくれているようだった。

「あの、もしよければ……、婚姻の式典用の装飾品を作ってくれないかしら」

「良いんですか？　そんな大役……、ありがとうございます。王妃様の装飾を作れるだなんて、職人としてこんな幸せなことはありません。父も、喜ぶと思います！」

「お願いしても良いの？」

「もちろんです！　一生懸命、誠心誠意作りますね……！」

ユリアは力強く頷いてくれた。

私たちは色々間違えてしまったけれど、今度は良いお友達になれるかしら。

私、お友達が少ないから、そうなってくれると嬉しいんだけど。

また会いに来ると約束をして、私は装飾店を出た。


春の訪れを間近に控えた冬空には、薄い雲が浮かんでいた。

ユリアと別れて馬車に乗り込もうとした私は、馬車の前に立っているレイス様の姿に気づいて足を止めた。

なんだか、懐かしい。

前回の記憶に囚われた私は、なんの当てもないまま森へ逃げようとして、あろうことかそれを特に相手もいないのに駆け落ちなどと嘘を吐いてレイス様を怒らせてしまったんだった。

公爵家を出ようとしたところで、王家の馬車で待ち伏せしていたレイス様に捕まったのよね、確か。

あのまま森に逃げることができていたら、どうなっていただろう。

例えばレイス様が私に関心がなくて、公爵家からの逃亡について咎めようとしなかったら。

なんの計画性もなかった私のことだ、一日で公爵家に逃げ帰っていたか、森で遭難していた可能性もある。

ルーチェに騙されてレイス様の敵にまわってしまった可能性もあるし、もしくは、亡き者にされていたかもしれない。

それらはありえたかもしれない未来の話だ。

実際には、レイス様はずっと私を想ってくれていた。

私が駆け落ちすると聞いた時は、嫉妬でどうにかなってしまいそうだったと恥ずかしそうに言っていた。

その行動は可愛らしいとは言えないけれど、照れたように苦笑するレイス様もまた素敵だったので、貴重なものが見られたと思う。「俺のほうがアリシアの何倍も嫉妬深いんだよ、本当は」なんて言いながら私の頬に触れるので、あまりの素敵さに卒倒しそうになったのは記憶に新しい。倒れなかったけど。何とか踏みとどまったけれど。

レイス様は「前回はよく俺の前でめまいを起こして、医務室へ運ばせてくれたのに」と不満そうにしていた。あれはフォンセ様の闇よりも深い私の暗黒の歴史なので、傷を抉らないでほしいと思う。

「お帰り、アリシア」

馬車に寄りかかっていたレイス様が、私に微笑む。

十七歳の本物のレイス様を見るのは、今回の人生が初めてだ。前回の私がレイス様だと思っていたのはシエルだった。

目の前にいるレイス様は、記憶の中の偽物のレイス様よりもずっと精悍で男らしい。

線の細い神秘的な美青年というよりは、王の器を持った怜悧《れいり》な美男子といった印象だ。

金色の髪は前髪と共に肩まで伸びていて、澄んだ空色の涼しげな瞳は宝石のように輝いている。

黒を基調として深紅の縁取りのある服を着ることが多いのは、私の容姿に合わせているかららしい。

今日のレイス様も、黒い服に黒いローブを纏《まと》っている。重たくなりがちな色合いだけれど、美男子は何を着ても美男子なので、今日のレイス様もいつも通り光り輝いているという感想しかない。

「……私がここにいること、わかっていました？」

ユリアに会いに行くことは黙っていたのだけれど、レイス様に隠し事ができるなど私も思っていない。

だからレイス様が迎えに来ていても、私は驚かなかった。

リュイに言わせると「レイス様がアリシア様に向ける感情って重たくて怖いってたまに思いますよ、俺は。アリシア様もよく頑張ってるなって、最近思うようになりました」だそうだが、私はそうは思わない。

私はレイス様を愛している。それもイグニス様の激しく燃える炎のように、全てを焼き尽くす煉獄のように。

だからどんなに深い感情を向けられても、嬉しいとしか思わない。

私だって、負けていないのだから。

「うん。……ユリアに会った？」

「はい。会いましたわ。元気そうでした。私の婚姻装束用の、金飾りをお願いしましたの」

「それは良いね。ミシェル装飾店の金装飾は評判が良いし、アリシアが式典で身に着ければ売り上げもっとあがるだろうし」

ルーチェを封じる為だったとはいえ、レイス様とセリオン様はユリアを一度神殿の地下に閉じ込めている。

そのことに関しては、きちんと謝罪し示談金を支払ったらしい。

ミシェル男爵、今は装飾店のミシェルさんだけれど、ユリアのお父様はもったいないことだと断ったそうだ。

元々ミシェル家はお金には困っていない。それよりも、もうユリアに近づかないでほしいというのがユリアのお父様の願いだったようである。

神殿に連れていかれて、心身ともに衰弱して帰ってきた娘の静かな暮らしこそが、彼女の家族の求めるものだったのだろう。

「レイス様はユリアには会わなくて良いのですか？」

あれから三年経った。

レイス様とユリアの関係についてはよくわからないけれど一応聞いてみると、レイス様は軽く首を振った。

「いや、良いよ。もう会うことはないと思ってる。そもそもユリア・ミシェルと俺は無関係のはずだったんだ。それに、俺がユリアを許せる日は来ないと思う」

「レイス様！」

「怒った顔も可愛いね、アリシア。……でもね、アリシア。俺には、あれがルーチェだろうがユリアだろうが、どうでも良かったし、今もどうでもいいと思ってるんだ。……彼女たちはアリシアを傷つけた。その事実は変わらないし、俺がユリアにしたことだって、変わらない。……俺はアリシアのように優しくないし、会わないほうが良いということもあるんだよ」

そうなのだろうか。

全部納得した訳ではなかったけれど、別に私はレイス様とユリアに仲良しになってもらいたいわけでもないので、それ以上そのことには触れなかった。

皆が仲良くする世界のほうが良いに決まっているだろうけれど、私もそこまで良い人間にはなれない。

レイス様がユリアと親しくすればきっと私は妬いてしまうだろう。

それがユリアではなくても、他の女性でも同様に。

今のところそんな嫉妬心とは無縁の生活を送っているけれど、想像するだけでちょっと嫌な気持ちになる。

レイス様はとても魅力的なので、憧れる女生徒も多い。

学園の式典で挨拶をするレイス様があまりにも素敵で、またその辺の女生徒がレイス様を好きになってしまうわと思わず呟いたら、隣にいたセリオン様がとても呆れたように目を細めながら「アリシア様しか眼中にないと顔に書いてあるレイス様に横恋慕しようなどという強者は、学園にはいませんよ」と言っていた。

「それよりも、大丈夫だった、アリシア？　……嫌なことを思い出したんじゃないかと思って、心配で迎えに来てしまったけど」

「大丈夫ですわ。私、もう怯えて部屋にこもったりはしていないでしょう？」

「そうだけど……、無理してない？」

「私には、レイス様がいますもの。怖いものなど何もありません」

いつか森の中でユリアを守ろうと強く思った時、何も怖いものはないと思えた。

レイス様が私を守ってくれていたように、今はイグニス様に与えられた私の力でレイス様を守って差し上げたいと思う。

一人でなんでもできてしまうし、あまり感情を表には出さないレイス様だけれど、だからこそ私がそばで支えないといけない。

だって時々とても悲しそうな顔をするし、怯えたように私の手を握る時がある。

混乱した様子で私を抱きしめて「ちゃんといるね、アリシア」と囁くレイス様の姿に、胸が苦しくなった。

レイス様のほうが私よりもずっと過去の記憶に囚われている。それほど辛く苦しい思いをしたのだろう。

だから今度は私がレイス様を守らないと。

そう思うだけで誰にも負けない気がするし、私ならなんでもできるという勇気が湧き上がる。

レイス様は私の手を握って、幸せそうに微笑んだ。

そのまま王家の馬車へ乗り込んだ。

カリスト家の馬車は、レイス様に命を受けてか先に帰ってしまったようだ。

「アリシア、少し遠回りして帰ろうか」

向かい合って座ったレイス様が言う。

ユリアの家から城までは、馬車ではそう遠くない道のりだ。

馬車は城とは反対方向に進路を定めてゆっくりと進んでいく。窓の外から活気のある人々の声や、立ち並ぶ白い家と青い屋根が見えた。

「構いませんけれど、どうしましたの？」

「話しておきたいことがあって」

躊躇するようにレイス様は言葉を区切り、それから続けた。

「……モールス王、俺の父についてと、弟について」

「はい……」

何と言っていいかわからず、私は頷くだけにとどめた。

「……アリシアに、話そうかどうしようかとても迷ったんだ。だけど、黙っていて傷つけるのはいけないと思って。……結婚相手が罪深い人間だということを、知っていてほしい。それで俺を嫌悪したとしても、俺はアリシアを手放すことなんてできないと思うけど」

「レイス様……」

不安なような、嬉しいような、不思議な気持ちだった。

レイス様の深い愛情を感じられて嬉しい。けれど、その話をレイス様にさせるのは良いことなのかどうかわからない。

レイス様は王になる方だ。今までもこれからも、王として穏健な選択を行うだけではいられないだろう。

それを私に全て言う必要はない。私はレイス様を信じているし、愛している。もしレイス様の行動が間違っていると拙《つたな》い私の頭でも理解することができるようなことが起こったら、そしてそれがどうしようもないことだったら、一緒に命を絶つ覚悟だってとっくにできている。

この三年、私はきちんと教育を受けてきた。

王妃になるという自覚だって、前の私よりは、多分足りている。

「なんでも聞きますわ。私、レイス様のことならなんだって知りたいのです」

結局私は聞くという選択肢を選んだ。

レイス様が私に個人的なことを話す機会は少ない。

だからきっと、こうして話してくれようとしているのだから、それはレイス様にとってかなり重要なことなのだろう。

「俺は、全てがはじまる前。つまり、モールス王が俺たち兄弟に『蹴落とし合い』を命じる前に、モールス王を始末して、シエルを救う道を選んだ。……今の父は生きているけれど、意識のない人形のようなものに近い。そういう毒を……、フォンセの魔法を、父に使ったんだ」

「そうなのですね……」

モールス王は生きている。

玉座に座っている姿を見たことは数回あるけれど、そういえば言葉を発している姿は見ていない気がする。

「俺の命じた言葉は話すことができるよ。操り人形に近い、かな。……ルーチェの封印が終わった時、父にかけた魔法は解いたけど、体が負荷に耐えられなかったんだろうね。そのまま、夢の世界の住人になってしまった。……夢の中で母に会えたのかもしれないね。だとしたら、戻ってこないほうが幸せかもしれないと思うけど」

「王は王妃様を愛していたという話でしたわね」

「そうだね。それ以外の人間を物か何かだと思うぐらいには、母のことしか愛していなかったようだよ。最初にシエルを捨てようとしたのは、自分以外に母の愛情が向いてしまうのが嫌だったからだろうと今ならわかる気がする。嫡子がいなければ困るから、俺を残す判断はしたようだけど。……その後は、よくわからない。母を奪われたと思って、俺たちを憎んでいたのかもしれない」

「少しだけわかるような気がしますわ。私も、レイス様以外の方はどうでもいいと思っておりました。本心から、そう思っておりましたのよ。今でもレイス様が好きだという気持ちには嘘偽りはありませんけれど、他の方々がどうでもいいでは、困りますわよね」

「俺は嬉しいけどね」

少しでも気持ちが楽になると良いと思って、私は一生懸命気持ちを伝えた。

レイス様は肩の力が抜けたように、少しだけ笑ってくれた。

「ルーチェを封じる協力者にする為に、シエルには事情を話してあった。シエルは俺に協力すると言っていたけれど、既にルーチェの支配下にあったのか、それとも全て嘘だったのか、今となってはよくわからない。俺はシエルにフォンセの毒を与えて森に捨てた――ようにみせかけた。致死量には至らない毒だった。シエルはそのまま森を彷徨《さまよ》い、ルーチェに会ったんだと思う。それから、ジェミヤのところに逃げ込んだみたいだね」

「シエル様はどうなったのですか？」

「ルーチェを体に取り込んでしまった負荷で、記憶が少し曖昧になっているんだ。今はセリオンのグラキエース家で静かに療養しているよ」

「……ご無事でしたのね、……良かった」

「うん。……どうしようか、悩んだんだけどね。……アリシア、……俺は、随分非道なことをしたと思う。でも、どうとも思っていないんだ。……アリシアを守れた。アリシアが、生きていると思うと、それ以外のことは……」

レイス様は言い淀んだ。

私に嫌われると思っているのかもしれない。確かに他の方が聞いたら眉を顰《ひそ》めるような行為なのかもしれない。

けれどきっと、他に方法は無かったのだろう。

モールス王は王妃様が亡くなった時に、自分を見失ってしまったのだと思う。私にもその感覚はわかるような気がした。

「レイス様、私を見くびらないでくださいまし。アリシア・カリストのレイス様への気持ちは、そんなことぐらいで揺らぐような生やさしいものではありませんのよ。レイス様がもし他の方と浮気をしたら、嫉妬の炎で城を焼く、それぐらいに深く激しいものなのですから！」

「アリシア……、うん、ありがとう。そんな日は絶対に来ないから、大丈夫だと思うけど……、でも、嫉妬するアリシアも可愛くて好きだよ」

「城を燃やしますわよ？」

「うん、可愛いよね」

私の言葉で少しは安心してくれたのだろうか、いつもの調子で穏やかな微笑みを浮かべると、レイス様は甘すぎるぐらいに甘い声で、私に囁く。

「アリシアが浮気したら、俺は国を滅ぼすよ」

それは、とても困る。

浮気する予定もつもりもないけれど、私の行動で国が傾いてしまうのだから、気をつけようと私は心に誓った。

そして、こんなに私を愛してくれるなんて、レイス様はなんて素敵なのかしらと、本日何度目かの感嘆の溜め息を吐いた。

それからの話を少しだけすると——

私とレイス様は無事に結婚し、ミシェル装飾店は見事に大繁盛してユリアは希代《きたい》の金装飾職人になった。

シエルはゆっくりとだけれど記憶が戻りはじめて、何度かユリアのもとに訪れては謝罪をしているらしい。

リュイは相変わらずだけれど、若い奥様の前では借りてきた猫のように大人しく、セリオン様は大神殿の管理で忙しいようだ。若くて麗しく独身のセリオン様がいるおかげで、大神殿に参拝する若い女性がかなり増えたと聞いた。

光の大精霊ルーチェはもういない。

イグニス様もフォンセ様もとても静かにしているから、多分きっと、もう大丈夫だということだろう。

大精霊ともあろう方がそう簡単に消えてしまうとは思えないので、どこかで眠りについているのかもしれないけれど、私はルーチェをどうしても嫌いになれない。

王国民たちは、大精霊様たちを敬っている。それは光のルーチェにも同様に捧げられる祈りだ。だから、加護を与えた者だけでなく全ての人を平等に愛してほしい。

いつかはルーチェにも、それがわかると良いのだけど。

ちなみにレイス様にお願いして興味本位で三日ほど森の中で生活しようとしてみたら、一緒についてきてくれた適応能力が高すぎるレイス様に比べて、私は右往左往しているだけだったので――やっぱり海のほうが良かったかもしれないなと、一日目で音を上げて城に逃げ帰りながら思ったのだった。

私に森は向いていない。

もう、逃げることもその必要もないのだけれど。

番外編　リュイ・オラージュは忠実なる部下

オラージュ宰相家の嫡男として生まれた俺は、生まれた時から王の従者になることが決まっていた。

俺の主であるレイス・コンフォール王太子殿下が王立タハト学園に入学したときには俺は既に三年生だった。熱血馬鹿のジェミャや、飄々《ひょうひょう》とした美人のセリオンは二年生。大精霊の加護を持つ家の者として、時折交流をしていた。セリオンは面白いがジェミャは暑苦しくてあまり好きじゃなかった。

卒業後は宰相補佐として父と共に王政に関わることが決まっていたので、昔から城で過ごすことの多かった俺は、ジェミャやセリオンよりもレイス様との付き合いが一番長かった。

レイス様は幼い時から心労の多い方で、けれどそんな苦労も苦しみもまるで表に出そうとしない優秀な方だった。俺にとっては年下だけれど主と仰ぐには相応《ふさわ》しい相手だと思っていた。

ただし、女の趣味が悪い。

本当に悪い。

信じられないぐらいに悪い。それだけが欠点だと思う。

よく城に訪れるレイス様の婚約者、アリシアのことを、俺は昔から見知っていた。

アリシアは黙っていれば美しい少女だった。艶やかな黒髪と白い肌、黒に近い赤色の瞳は神秘的で、そしてどんな派手なドレスでも着こなすことのできる華やかさも兼ね備えている。口を開くと残念でしかない頭の悪い人間だったが、どういうわけかレイス様はアリシアを気に入っているようだった。

人当たりは良いけれど他人と距離を置くレイス様が、唯一そばにいることを許しているのがアリシアという少女だ。

アリシアはレイス様にしか興味がないらしく、貴族の子供が挨拶をしても無視をするのは当たり前、俺と城ですれ違っても見ないふりをする。そのくせレイス様を見かけると頭の悪い子犬のように駆け寄っていく。

王妃になるにはどう考えても足りない人間だ。レイス様に相応《ふさわ》しいとも思えない。とはいえ面白かったので、よく遠くから眺めていた。遠くから観察している分には、愉快な少女だった。

だから学年は違えどレイス様やアリシアと共に学園で過ごした一年間は面白かった。

王立タハト学園に入学したアリシアは、レイス様にくっついて離れなかった。

他の女生徒にむやみやたらに敵意を剥き出しにしたり、レイス様の気を引く為にわかりやすい仮病を使って突然倒れそうになったりするアリシアは、近づかなければ基本的には無害だ。

俺は立場上レイス様と話をする機会が多かったので、レイス様のもとへ顔を出してはアリシアを観察していた。

たまに揶揄《からか》ってみると物凄く不機嫌そうな表情で俺を睨みつけて「レイス様以外の方と話す言葉は持ち合わせておりませんの」とか言うのが最高に面白かったので、必要以上に絡んでみたこともある。

しかし、そうするとレイス様が不機嫌になるのがわかったから、自重した。レイス様を怒らせたいわけじゃない。

残念だけれど、俺が関わることができたのは一年間だけだった。

その後のことはよく知らない。アリシアは愚かな女だが、レイス様がそれで良いと考えているようなので、卒業後には結婚するのだと思っていた。王妃の役割など突き詰めてしまえば世継ぎを儲けることぐらいだ。少しぐらい愚かなほうが、余計なことに口出しされずに楽なのかもしれない。

卒業後の俺は王政補佐で忙しく、日々のほとんどを城の政務室で過ごしたり、泊まり込みで視察に行ったりしていた。

いつの間にか時が過ぎ、年に一度の光の選定が行われることとなった。

俺は関わらなかった。レイス様はセリオンとグラキエース神官長と共に準備をしているようだったので、あえて口も出さなかった。

あの制度は、俺は正直無駄だと思っている。

聖女など見つけたところで国の為になるとは思えない。

手間ばかりかかる古い制度だ。古過ぎて黴《かび》臭い。古い本から得られる知識には貴重なものが多いが、光の選定だけはどうにも好きになれなかった。

まぁ、仕方ない。古《いにしえ》から続く儀式なので今更変えることもできないだろう。できれば関わりたくない。俺は忙しい。

国では犯罪が起こり、天災も起こり、大規模な事故もあれば貧困もある。王国民からの嘆願書はあっという間に溜まっていく一方だ。

俺は王政補佐で手一杯だった。レイス様が恙《つつが》なく王位を継げるように、レイス様の卒業までには宰相としての仕事を全て学んでおかないといけない。大精霊のことなどグラキエース神官家に任せておけば良い。そう思っていた。

ユリア・ミシェルが城に姿を見せるようになったのは、光の選定が終わってからしばらくしてのことだった。

俺はユリアのことをあまり知らなかった。レイス様と同級の女生徒が聖女に選ばれたことは知っていたけれど、名前を聞いても誰のことかさっぱりわからなかった。アリシアが目立ち過ぎていたせいなのか、それともユリアが目立たなかっただけなのかは知らないが、ともかく存在感のない女生徒だったのだろう。

聖女が城に挨拶に来ると、何故だか知らないがジェミャがわざわざ伝えに来た。

普段はあまり城に近寄らない男だ。肉体労働は好きだが頭脳労働は嫌いなのだろう。城に来ると息苦しいとはたまに言っていた気がする。

ジェミャはアリシアと同じぐらい頭が悪い。学園時代も図書室にいる俺を見かけては、「本が並んでいるのを見ると頭痛がする」だの「リュイは体をもっと動かしたほうが良い」だの言ってくるので、正直邪魔だと思っていた。

率先して近づいてこないだけ、アリシアのほうがまだ良い。

だから久々に顔を見て、俺の卒業前よりもジェミャはさらに背が高く筋肉質になっていたのでうんざりした。

ジェミャは「レイス様が聖女ユリアを連れてくる。お前は普段から態度が悪いから、失礼のないようにな、リュイ」などと言った。余計なお世話だ。

そうして、政務室で仕事中の俺のもとへユリアが現れた。

ユリアは王立タハト学園の制服に身を包んでいた。その姿を見ても、誰だかよくわからなかった。レイス様とアリシアのことを観察するついでに、レイス様の教室にいる生徒たちもそれとなく眺めていたけれど、ユリアのことは思い出せない。顔立ちは愛らしいが、大人しそうなどこにでもいる少女だ。アリシアのような愉快な特徴があれば嫌でも覚えただろうけれど、まぁ、ごく普通なのだろう。普通というのは悪いことじゃない。聖女が自分の立場を弁《わきま》えず政治や式典などに口を出してきたら面倒だからだ。

「はじめまして、リュイ・オラージュ様。私はユリア・ミシェルです」

ユリアはぎこちない礼をして言った。

貴族の礼に慣れていない様子だった。庶民の出なのかもしれない。きっとそうだろう。貴族ならば、それなりに記憶にも残るはずだ。

「リュイ。……久しぶりだね」

ユリアの隣に並んでいる男が言った。

「レイス様……？」

不意に、視界が霞《かす》む。

レイス様はタハト学園で過ごすことが多く、光の選定の準備と事後処理で忙しかったのだろう。

このところ、あまり会っていなかった。

けれど久しぶりというほど久しぶりでもない。レイス様の顔がどういうわけかぼやけてよく見えない。金の髪と青い目、涼しげな声はレイス様のものだ。

それなのに何故だか――違和感がある。

俺は目を擦った。

次第にぼやけた視界が明瞭になっていく。

やはり俺の前に立っているのはレイス様だ。緊張の面持ちを浮かべるユリアが隣に並んでいる。

「ユリアは聖女に選ばれた。これから会うこともあると思うから、よろしくね、リュイ」

「はい。わかりました。よろしくお願いしますね、ユリア様」

「その……、様だなんて、私は身分が低いので……、よろしくお願いします」

敬語も敬称も形式的に行っただけだ。

おどおどと恐縮するユリアは見ていてもあまり面白くなかった。俺を無視したり、揶揄《からか》うとわかりやすく怒ったりする、いつでも堂々としているアリシアのほうがずっと面白い。

二人は挨拶だけを行うと俺の政務室から出ていった。

違和感だけが胸の底に残り、何故かとても不快だった。

おかしい。

レイス様を不愉快に思ったことなど、お仕えしてから一度もないのに。俺は、どうしてしまったんだろう。


それからというもの、レイス様は王家の晩餐会や式典にユリアを連れて出席するようになった。

エスコートは場慣れしていないユリアを優先し、婚約者であるアリシアへの態度はおざなりになっていった。当然アリシアは悋気《りんき》を起こし、ユリアにグラスの水をかけたり、熱く煮えたぎるスープをかけて火傷《やけど》をさせようとしたり、ドレスのスカートをすれ違いざまに切り裂いたりしていた。

元々アリシアは苛烈《かれつ》な女ではあったが、陰湿さはあまり感じなかった。陰湿になれるほど頭の良い奴ではない。俺はアリシアについてそう評価していたので、驚いた。

せいぜい人に噛みつく、よく吠える子犬程度の存在だった。聖女が現れるまでは。

違和感はさらに酷くなった。

元々アリシアの性格は決して良いものだとは思えなかったけれど、それでも多少の可愛げがあった。他人のことなど眼中になく、どんな場合であってもレイス様を優先するのがアリシアだ。可愛げと表現するには苛烈《かれつ》すぎるきらいはあるが、それでもレイス様を慕っていると全身で表現していた。

しかし今のアリシアは、何か違う。

それに、レイス様も。

レイス様はまるで、アリシアからユリアに心変わりをしているように見えた。俺にはアリシアのどこが良いのかよくわからなかったが、レイス様はアリシアを大切にしていた。婚約者だからという理由以上の何かが底にあるように見えたのに。部下に命じて調べさせると、学園でもレイス様は常にユリアを側に置いているのだという。アリシアとの仲は冷え切っているように見えるとのことだった。

やはり、何かがおかしい。聖女が現れたからという理由だけで、そこまで人は変わってしまうものなのだろうか。

気になることがあると仕事に身が入らなくなってしまう。俺の危惧はとても誰かに相談できるものではなかった。馬鹿馬鹿しいと笑われるか、ともすれば正気を疑われてしまうようなものだ。時折城で言葉を交わすレイス様が、その中身が別の何かに思えて仕方がないだなんて。

俺は大神殿に向かった。セリオンに相談したかったからだ。

同じ大精霊の加護を持っているといっても、ジェミャは頭が悪く直情的で、アリシアは愚かで話にならない。セリオンはまだ良い。変わり者だが、真面目ではあるしまともな会話をすることができる。

大神殿の中へ入る。正面入り口から祭壇へ向かう通路には大精霊たちの大きな石像が並んでいる。

石造りの静謐《せいひつ》な神殿の中に、俺の足音だけが響いた。神殿には滅多に足を運ばないので、随分と久しぶりな気がした。

「セリオン、いるか？」

セリオンはすでに学園を卒業して、大神殿で務めに励んでいるはずだ。セリオンともずっと会っていない。親しい友人というわけではないし、年末の式典以外は用事がなければ会うこともそれほどないのだが。

そういえば光の選定が終わった後、去年の年末の式典に——セリオンはいただろうか。

あの時はユリアのお披露目があったらしい。俺は忙しく、オラージュ家の祝詞《のりと》を奉《ささ》げ終えるとさっさと政務へ戻った。

あの制度もあまり好きではない。祝詞《のりと》を捧げるだけなのだから、誰かに代わってほしいと常々思っている。あの時は。あの時のレイス様は、——思い出せない。

頭に靄《もや》がかかっているようだ。思考能力が落ちるのは不愉快で腹立たしい。見えない手に両目を塞がれるような苛立ちを感じて、俺は舌打ちをした。

大神殿の奥に入るに連れて、薄暗さを感じた。今日はよく晴れていて、ステンドグラスの嵌め込まれた大きな窓からは明るい日差しが差し込んでいるのに、どういうわけだか妙に暗い。大精霊たちの天井画がある祭壇までたどり着く。参拝者は誰もいない。俺一人だけで静かなものだ。

俺の幼い頃は行列ができるほどに参拝者がいて、神殿も賑わっていたというのに。きっと信仰というものは徐々に廃れていくのだろう。

それにしても静か過ぎる。セリオンの姿もなければ、他の神官の姿もない。

その静寂の中で——祭壇の上に、人影があることに気づいた。

女だった。女は、不敬にも祭壇の中央にある台座に足を組んで座っている。

女の横には虚ろな目をしたジェミャと、口元に仄暗《ほのぐら》い笑みを浮かべたレイス様が立っている。

「……好奇心は猫を殺すという言葉を知っている？」

女は言った。それはユリアの姿をしているが、ユリアの姿をした何かだった。雰囲気も体から感じる魔力の質もまるで違う。背筋に冷や汗が流れるのを感じた。

足下に黒い汚れがあることに気づく。汚れは祭壇から俺の足下まで続いている。古びた血痕のようだった。

「今はイグニスの子供で遊んでいるから、あなたのことなど放っておいてもよかったのだけれど、決めたわ。アネモスの子供、レイス様に何をした」

「……お前は誰だ。レイス様に何をした」

ジェミャは完全に意識を呑まれているように見えた。レイス様は違う。自分の意思で女の隣に立っている。

あれはやはり、レイス様ではない。

「……リュイ、僕のことを忘れてしまったんですか？」

レイス様は悲しげに言った。大袈裟な演技のような口調だった。俺は何回か瞬きを繰り返す。姿がぼやける。陽光のような金の髪に、線の細い体つき。レイス様とよく似た、けれどやや女性的な美しい顔立ちに既視感を覚える。

「シエル様……？」

後宮で隠されるようにして育てられた、レイス様の双子の弟。だが、レイス様が殺したはずだ。何度か顔を見て、話したこともある。幼かったシエル様はいつも何かに怯えたような目をしていた。城から逃げられるのかと聞かれたこともある。俺は曖昧に言葉を濁して、そしてシエル様を、見捨てた。

「……ぅ、あ」

罪悪感が身を竦《すく》ませる。俺の目の前にルーチェの紋様が浮かび上がる。アネモスの魔法を手のひらに構成した時にはもう遅かった。俺の意識を光が侵食する。

春風を纏《まと》ったような麗しい姿をしたアネモス様の体が、贄のように十字架に磔《はりつけ》にされる幻影が見えた。

――そんなことも、あったなぁ。

俺は城の書庫で一向に進まないアリシアの宿題を眺めながら、思い出していた。

あの後の俺は自我とルーチェ侵食が混じり合った状態だった。時折自分を思い出しては抵抗をしてみたものの、敵うことはなかった。アリシアを汚せと命じられた時が一番最悪だった。アリシアは愉快な女ではあるが全く趣味じゃない。レイス様の大切な方を俺の手で汚そうとするなんて、思いつく限りではあの瞬間が俺の人生で最低だ。

「アリシア様、二巡目の計算が間違っていますよ」

俺はアリシアの正面に座っていて、アリシアの横にはセリオンが座り、穏やかな笑みを浮かべている。

「ちなみに間違えるのはこれで、八回目です」

セリオンのにこやかだが容赦のない指摘に、アリシアは恐縮したように体を小さくした。

その辺の女よりもずっと綺麗な顔をしているセリオンの声は、その顔立ちに反して案外低い。かつて俺が大神殿でルーチェに襲われた時にはセリオンはすでに死んでいたと思うと、妙な感じがした。

「……教え方が下手、なのではないかしら……」

小さな声でアリシアが言った。

アリシアは計算をやり直しすぎて真っ黒になったノートの端っこに、何故か丸に目と口のある顔を落書きしはじめている。丸い顔の横にレイス様などと書いて、ハートマークをたくさん描きはじめているのがいかにも馬鹿らしくて、面白い。アリシアは相変わらず愉快だ。

「何か言いましたか?」

セリオンが自分の鉛筆を取り出して、レイス様と書いてある丸い顔の横にふきだしのような模様を描いて、『アリシア、馬鹿なの? 馬鹿は嫌いだよ』と言わせている。思わず笑ってしまった。

「レイス様はこんなことおっしゃいませんわ! アリシアが多少馬鹿でも好きだよと言ってくれる

のがレイス様です」

ただの落書きなのに、アリシアはむきになってセリオンに文句を言った。

「それは良かったですね。アリシア様」

セリオンはアリシアの文句に取り合わず、レイス様と描かれた落書きの横に髪の長い丸でできた顔を描いた。多分セリオンの顔なのだろう。ふきだしには『怒りますよ』と書かれている。

アリシアは喉の奥で小さな悲鳴をあげた後に「ごめんなさい」と言った。色々あって——今のアリシアは案外素直だ。賢くないのは相変わらずだが。

セリオンは「良いですよ」とにこにこ笑っている。何を考えているのかよくわからないが、笑っているのに怒ることができるような男なので厄介である。

「レイス様がそうやって甘やかすから、成績がずたぼろになって俺たちに助けを求めてきたんでしょう、あんたは」

俺は暇なので、アリシアの使っている一年生の教科書をペラペラとめくった。

なんだか懐かしい。ごく簡単な内容なのに、アリシアが苦労している意味がわからない。

「なんでこの程度の計算がわからないんですか？　アリシア様の脳味噌の大きさってまさか、蟻ぐらいしかないんじゃないですか」

暇だからアリシアを揶揄《からか》いたくなった。

俺は親指と人差し指を近づけて、蟻の脳味噌の小ささを表現してみる。

アリシアは案の定白い頬を怒りに染めた。面白い。

「蟻よりは大きいですし、多分子犬ぐらいはあると思いますわ。……リュイなんて運動できないくせに。私よりも足が遅いくせに」

「勉強、教えませんよ。学園での成績が最下位の王妃様とか前代未聞だなぁ。セリオンもそう思うだろ？」

「そうですね。さぞ、目立つことでしょう。悪い意味で」

「……ごめんなさい。教えてください」

顔を見合わせて頷き合う俺たちに、アリシアは肩を落として謝った。

それから、『馬鹿は嫌いだよ』という台詞をぐしゃぐしゃと消すと、新しい吹き出しに『アリシア頑張って！』と書いて、ハートマークをたくさん描いた。とてつもなく馬鹿っぽい。これを真面目にやっているのが、アリシアの愉快なところだと思う。

かれこれ一時間、宿題が終わらない。

本来なら宿題などはないのだが、アリシアは授業中に提出する必要がある計算問題をやりきれなかったので宿題にされてしまったらしい。レイス様に教えてもらえば良いのにと思うのだが、助けを求めても「全くわからない計算を必死に解こうとして全部間違えているアリシアが可愛い」とか言って勉強にならないのだとか。

俺にとっては意味のわからない可愛さだが、レイス様にとっては可愛いのだろう。レイス様が幸せそうで何よりだ。

アリシアが可愛いと言われて素直に反応するものだから、教室の片隅が常に花盛りになっているのだという。一度レイス様とアリシアの同室の生徒から、どうにかしてほしいという嘆願書をもらったことがある。悪いけど、どうにもできそうにない。

アリシアが再び宿題に取り掛かろうとした矢先、図書室の扉が開いた。

「そろそろ終わったかと思って、迎えに来たよ」

噂をすれば、レイス様だ。

アリシアのこと以外では完璧な尊敬すべき王太子殿下だが、アリシアが関わると頭のネジが一本外れる傾向が最近さらに顕著になっている。アリシアが俺とセリオンと三人で過ごしていることが気になって仕方がないらしい。そして残念ながら宿題は全く終わっていない。

「レイス様……！」

助けが来たとばかりにアリシアが可憐な笑みを浮かべて立ち上がった。

「私頑張りましたのよ……！　でも全然終わらなくて……、帰れなくて……」

アリシアが悲しそうに瞳を潤ませて言った。全力で甘えている。臆面もなく甘えている。凄い。

まさに花畑。花盛り。アリシアの頭の中が。

別に俺たちは好きでアリシアを拘束しているわけじゃない。アリシアが宿題を教えてほしいと言ってきたので、手伝っていただけである。まるで誘拐犯のような扱いをしないでほしい。

「よく頑張ったね、アリシア。俺が解いたものを見せてあげるから、今日はもうゆっくりしよう？　美味しいお茶と焼き菓子を準備してあるから、一緒に休憩しようか」

「レイス様……！」

レイス様はアリシアの横に来ると、その手を取った。

見つめあう恋人たちの横で、セリオンが笑みを深くしている。多分かなり怒っている。

「これ、アリシアが描いたの？　俺の顔だよね、よく描けてるね」

レイス様はアリシアの落書きを目敏《めざと》く見つけた。秀麗な顔に幸せそうな笑みを浮かべる。

沢山描かれたハートマークを見てレイス様はとても喜んでいるようだ。

アリシアが馬鹿みたいにあなたを好きで良かったですね、レイス様。レイス様が幸せで本当によかった。できればもっと遠くでやってほしい。遠くから見ている分には害はないので。

「は、はい……、レイス様に会えなくて、寂しかったのでつい……」

アリシアが恋する乙女みたいな顔つきで、恥ずかしそうに言った。先ほどまで俺たちに悪態をついていた女と同一人物とは思えない。女は怖い。

授業中は常に一緒にいて、毎日会っている癖に寂しいとかちょっと意味がわかりませんね、俺は。

「アリシア、そばにいられなくてごめんね……、セリオンが俺がいるとアリシアが集中できないとか言うから」

「今まさに集中が途切れたところです」

セリオンはにこやかに言って、開いていた教科書を閉じて片づけはじめている。

綺麗に重ねた教科書を鞄にしまって、アリシアへ手渡した。

アリシアの代わりにレイス様がその鞄を受け取る。アリシアは俺よりも力があるので鞄ぐらい持てると思う。甘やかすのも大概にしたほうが良い。

「レイス様、アリシア様の為を思うなら、今後もアリシア様の勉強は私とリュイが見ますので。わかりましたか？」

「……俺もまた付き合わなきゃいけないのか？」

セリオンが勝手なことを言うので、俺は目を見開いた。

今回限りだと思っていたのに、俺を巻き込まないでほしい。

「私では手に余るので。リュイ、あなたは賢いでしょう。それだけが取り柄なのですから、協力なさい」

苛々しているセリオンが俺にまで毒づいた。俺は完全な被害者だ。

「リュイ、俺は常々、リュイは妙にアリシアと仲が良いと思っていたんだけれど……、まさか」

レイス様の視線が冷たい。俺は頭をぶんぶん振った。

「ないですから、これっぽっちもないですから、アリシア様とか俺の好みじゃ本当にないので！アリシア様よりもその辺のメイドのほうがよっぽど可愛い……っ」

言い訳をしている最中に、俺の前髪の端が一部燃えた。

アリシアが頬を膨らませて俺を睨んでいる。セリオンがすぐにイシュケの水魔法で鎮火してくれた。助けてくれたのかと思ったのに、何故か残念そうな目で俺を見ている。何故だ、俺は特に悪いことはしていない。

「リュイ、女性に対して言っていいことと悪いことがあります。アリシア様はこれでも繊細な女性なんですよ、これでも」

「セリオン様、ありがとうございます」

セリオンに若干小馬鹿にされていることにアリシアは気づかなかったようだ。俺の嫌味にはすぐに気づくくせに。

「そうだよ、俺のアリシアは王国一可愛いのに。リュイの目がおかしいんだよ」

レイス様が溜め息混じりに言う。

こっちは本気だ。もう本当に、なんというか、俺のいないところでやってほしい。

「レイス様も一番素敵です……！　今日も輝いていらっしゃいますわ……！」

アリシアが黄色い声を上げている。これで本人は常識的な範疇で好意の表現を我慢していると思っているのだから、なんというかやっぱり面白いとしか言えない。好きとかじゃない。絶対ないのでやめてほしい。

「ありがとう、アリシア。帰ろう、俺もアリシアがそばにいなくて寂しかったんだよ。今日は、俺の部屋でゆっくり話をしようか」

さらっと婚姻前の男女がしてはいけないことを提案するレイス様を、もはや誰も諫《いさ》めない。

俺もセリオンも口出しはしない。二人の邪魔をしてはいけないと言うのは、暗黙の了解だ。

「はい……！」

アリシア様は頬を染めてそれはもう可憐に微笑んでいる。黙っていれば可愛い。レイス様の前ではもっと可愛い。黙ってはいられないし、レイス様の前以外の場所では全く可愛くないのがアリシアの残念なところだ。

手を繋いで図書室から出ていくレイス様とアリシアを見送ると、俺はなんだか疲れてしまって机に突っ伏した。

セリオンがいつもと変わらない優雅な所作で立ち上がる。帰るつもりのようだ。

「……そういえば、セリオン。お前は、なんで婚約者がいないの？」

「私は神にこの身を捧げていますから、男女の恋愛というものはできない体なんですよ」

なんでもないことのようにセリオンが言った。

グラキエース神官家だからといって、結婚してはいけない決まりはない。どうにも誤魔化されているような気がする。

「お前、まさか不倫とかしてる？」

「……下世話な。……年上の方は好きですが、道理に反することは嫌いです」

「年上、好きなんだ……」

「まぁ、それなりに」

セリオンはそれだけ言うと、図書室から出ていく。

一人きりになった俺は、しばらく口を押さえて笑っていた。

まだ処理しなければいけない問題は山積みだけれど――レイス様が幸せで、本当に良かった。あと、アリシア様も。

窓の外を眺めると、爽やかな風が吹いている。

王国は、今日も平和だ。

アルファポリス
Webサイトにて
好評連載中！
RC
Regina
COMICS
原作 園宮りおん
漫画 上原 誠
元獣医の令嬢は
婚約破棄されましたが、
もふもふたちに
大人気です！
1

国外追放？喜んで！
世界中のもふもふと戯れてきます♪

この作品に対する皆様のご意見・ご感想をお待ちしております。
おハガキ・お手紙は以下の宛先にお送りください。

【宛先】
〒150-6008 東京都渋谷区恵比寿4-20-3 恵比寿ｶﾞｰﾃﾞﾝﾌﾟﾚｲｽﾀﾜｰ 8F
（株）アルファポリス　書籍感想係

メールフォームでのご意見・ご感想は右のＱＲコードから、
あるいは以下のワードで検索をかけてください。

アルファポリス　書籍の感想　検索

ご感想はこちらから

本書は、「アルファポリス」（https://www.alphapolis.co.jp/）に掲載されていたものを、
改稿のうえ、書籍化したものです。

断罪《だんざい》された悪役令嬢《あくやくれいじょう》は頑張《がんば》るよりも逃《に》げ出《だ》したい

東原 ミヤコ（つかはら みやこ）

2021年 3月 31日初版発行

編集－渡邉和音
編集長－塙綾子
発行者－梶本雄介
発行所－株式会社アルファポリス
〒150-6008 東京都渋谷区恵比寿4-20-3 恵比寿ｶﾞｰﾃﾞﾝﾌﾟﾚｲｽﾀﾜｰ8F
TEL 03-6277-1601（営業） 03-6277-1602（編集）
URL https://www.alphapolis.co.jp/
発売元－株式会社星雲社
〒112-0005 東京都文京区水道1-3-30
TEL 03-3868-3275
装丁・本文イラスト－薔薇缶
装丁デザイン－AFTERGLOW
（レーベルフォーマットデザイン―ansyyqdesign）
印刷－図書印刷株式会社

価格はカバーに表示されてあります。
落丁乱丁の場合はアルファポリスまでご連絡ください。
送料は小社負担でお取り替えします。

ISBN978-4-434-28683-4 C0093